U0805227

晉·陸雲撰

陸士龍集

中國書店

詳校官檢討臣何思鈞

臣紀昀覆勘

欽定四庫全書　　　集部二

陸士龍集　　　別集類一　晋

提要

臣等謹案陸士龍集十卷晋陸雲撰雲字士龍吴郡人吴大司馬抗之子官至清河内史為成都王穎所殺事迹具晋書本傳雲與兄機齊名時稱二陸史謂其文章不及機而持論過之今觀集中諸啟其執辭諫諍陳義甚

切誠近於古之遺直至其文采麗密詞旨深雅要足獨步當時於士衡亦有未可遽相優劣者隋書經籍志載雲集十二卷又稱梁十卷録一卷是當時所傳之本原有異同新唐書藝文志但作十卷則所謂十二卷者已不復見至南宋時而十卷之本又漸湮没慶元間信安徐民瞻始得之於秘書省與士龍集並刊以行蓋即此本然史稱雲所著文詞三

百四十九篇今此集僅録二百餘篇似非足本疑隋唐所傳舊集久已亡佚此特後人從他書摘抄以行者故敘次頗為叢雜如答兄平原詩二首其行矣怨路長一首乃機贈雲之作故馮惟訥詩紀收入機詩内而此本誤作雲答機之詩又緑房含青實四語及逍遥近南畔二語皆自藝文類聚芙蕖部鼎部中摘出逸句故詩紀以為失題系之卷末而此

乃直標其題亦殊失於附會特雲之原集既不可見惟藉此以僅存什一故悉仍其舊録之亦庶以得其梗槩焉乾隆四十九年二月恭校上

總纂官臣紀昀臣陸錫熊臣孫士毅

總校官臣陸費墀

陸士龍集卷一

晉 陸雲 撰

賦箴

逸民賦并序

富與貴人之所欲也而古之逸民或輕天下細萬物而欲專一邱之歡擅一壑之美豈不以身勝於宇宙而恬貴於紛華者哉故天地不易其樂萬物不干其心然後

可以妙有生之極享無疆之休也乃為賦云

世有逸民兮棲遲足於一邱委天刑之外心兮淡浩然其何求陋此世之險隘兮又安足以盤遊杖短策而遂性兮乃枕石而漱流載營抱魄懷元執一傲物思寧妙世自逸静芬響於永言滅絶景於無質相荒土而卜居度山河而考室曾邱翳莽穹谷重深蔽木根穎蔦藟垂陰潛魚泳沚嚶鳥來吟仍疏圃於芝薄兮即蘭堂於芳林靡炎飈以赴節兮揮天籟而興音假樂器於神造兮

詠幽人於鳴琴挹迴源於別沼兮食秋菊於高岑蒙玉泉以濯髮兮臨濬谷而投簪寂然尸居儼焉山立遵渚龍見在林鳳戢遁綿野以宅心望空巖而凱入明發悟歌有懷在昔賓濮水之清淵兮儀磻溪之一壑毒萬物之諠譁兮聊漁釣於此澤爾乃薄言容與式宴盤桓朝挹芳露夕玩幽蘭眇區外而放志兮眷天路而怡顏望靈嶽之清景兮想佳人於雲端悲滄浪之濁波兮詠芳池之清瀾鄙終南之辱節兮韙伯陽之考槃聘清霄以

寄傲兮沂淩風而頽歎玄微載晏何思何欲漂若行雲之浮泊若窮林之木咨有得之必喪兮蓋居寵之名辱彼貪夫之死權兮固遺生以要禄竦戰兢而履氷兮祇肅懷以臨谷亮據咢之無慄兮在顛沛其必渥是故夫形瑰者徵咎體壯者為犧雖明文而龍藻兮終俛首而受羈立修名於禍始兮登全生於戾階資朝華之促節兮抱千載之長懷擠考終於遠期兮韻靈根而自摧殉有喪之假樂方無身其孰哀美達人之玄覽兮邈藏器

於無爲物有自遺道無不可萬殊有同齊物無寡並家於國等朝於野榮在此而貴身兮神居形而忘我欽妙古之達言兮信懷莊而悅賈憎旣明於天爵兮何假於人禍陋國風之皇恤同明哲於大雅亂曰乘白駒兮皎皎遊窮谷兮藹藹尋峻路兮峥嵘臨芳水兮悠裔槃丘園兮暇豫翳翠葉兮重蓋瞻洪崖兮清煇紛容與兮雲際欲凌霄兮從之恨穹天兮末泰詠歡友兮清唱和爾音兮此世

逸民箴

余昔為逸民賦大將軍掾何道彥大府之俊才也作反逸民賦盛稱官人之美寵祿之華靡偉名位之大寶斐然其可觀也夫名者實之賓位者物之寄窮高有必顛之忝溢美有大惡之尤可不慎哉故為逸民箴以戒反正焉

浩浩太素制為兩儀經始君臣朝有俊弼野有逸民各有攸屆而後品物有倫在昔后帝齊物達觀賞不假爵

敎不示勸號謚莫設而生黎淳晏降迄中古黃象可觀
而唐文有煥乃彫乃藻大樸既散樸之既散萬百熙心
形為寵故神為利淫有翹者車命彼在林是故懷玉喪
寶而被褐解襟恬亡智生與世或競匪智無鑿匪心伊
鏡芒芒禹迹蘜為塗徑惟是每懷偏彼反正正反於寵
既尸干祿相協厥居而豐其屋祿之既尸刑為爾司屋
之既豐喪家于宮故非據之災戒之在凶人皆知存之
為存而莫知得之為喪榮猶振頹墜若頹荒咎自專寵

福在循牆是故保其安者常危而忘其存者不亡無休
爾榮身實親名無謂爾崇神期好沖戒彼覆餗冒此棟
隆慎微如顯乃保身以終自古在昔逸民有作相彼宇
宙方之委舄夫豈無不休而好是沖漠是故名利之災
至人攸恪謂予未信無寧監於桑霍天明既畏神道無
親善在求已慶由積仁無念爾本聿修厥淳執盈如虛
乃反天真逸民司正敢告官人

歲暮賦并序

余祇役京邑載離永久永寧二年春忝寵北郡其夏又轉大將軍右司馬於鄴都自去故鄉荏苒六年惟姑與姊仍見背棄銜痛萬里哀思傷毒而日月逝速歲聿云暮感萬物之既改瞻天地而傷懷乃作賦以言情焉

夫何乾行之變通兮昏明迭而載路羨飛轡之遠御兮騰六龍於天步時赴節而漸流兮氣移數而改度揮促節於短日兮振修策於長夜運攸忽其既周兮歲冉冉而告暮變棘心之柔風兮滋豐草之湛露元暉邈以峻

服兮黃裳皓而振素於是顓頊御時玄冥統官天廟既
底日月貞觀淪重陽於潛户兮嚴徵積陰於司寒日回
天以滅景兮飈衝淵而無瀾堅氷涸於川底兮白雪隕
於雲端普區宇之瘁景兮頹萬物之衰顏時稟戾其可
悲兮氣蕭索而傷心淒風愴其鳴條兮落葉翻而灑林
獸藏丘而絶迹兮鳥攀木而栖音山振枯於曾嶺兮民
懷慘於重襟寒與暑其代謝兮年冉冉其將老豐顏昱
而朝謝兮元髮粲其夕皓感芳華之志學兮悲時暮而

難考遠圖逝而辭懷兮密思集而盈抱羨厚德之溥載兮嘉豐化之大造恨盛來之苦晏兮悲衰志之常蚤指晞露而怵心兮衍死生於靡草蒙時來之嘉運兮遊上京而凱入委乘輅於紫宮兮剖金虎而底邑憑台光之發暉兮荷寵靈而來集望故疇之迥遼兮泝南風而頹泣長歎息而永懷兮感逝物而傷悲哀年歲之攸往兮伊行人之思歸結隆思於朝日兮綴永念於紀暉表寸陰而貞吝兮盼盈尺其若遺嗟我行之久永兮何歸途

之芒芒憩遵渚於眄川兮念攸逝乎江湘處孝敬於神
丘兮結祇慕於帷桑瞻山川而物存兮思六親而人亡
問仁姑而背世兮及伯姊而淪喪尋餘蹤於空宇兮想
絶景於遺堂悲山林之杳藹兮痛華構之邱荒靖深情
以遐慕兮思纏綿而楚懷涕垂頤以交頹兮哀淩心而
洞駭神尋路而窘逝兮形嚬蹙乎其所心悠悠其若懸
兮音既絶而復舉悲人生之有終兮何天造而罔極仰
悲谷之方中兮顧懸車而日昃百年迅於分噓兮千歲

疾於一息咏大椿之萬祀兮同蟪蛄於未識歲難停而易逝兮情艱多而泰寡年有來而棄予兮時無算而非我祇生心於日順兮雖呼翕其難假攝儻生於逆旅兮欲淹留其焉可彼鑒寐之有時兮亦始卒之固然舒遠懷於千載兮悵同感乎中山鑒通人之炯戒兮懼晏平之達言啓貞心以自買兮覽遺籍而問道亮爽鳩之既徂兮故營丘之有紹在吾儕之陋心兮豈取樂於東表苟長生而自得兮將奚待而有天考大德於天地兮

知斯言之益矯

愁霖賦

永寧三年夏六月鄴都大霖旬有奇日稼穡沉湮生民愁瘁時文明之士煥然並作同僚見命乃作賦曰

在朱明之季月兮反極陽於重陰興介丘之膚寸兮墜崩雲而洪沉谷風扇而攸遂兮苦雨播而成淫天決漭以懷慘兮民嚬蹙而愁霖於是天地發揮陰陽交烈萬物混而同波兮元黃浩其無質雷憑虛以振庭兮電凌

牖而輝室霤冎沸以駿奔兮潦風驅而競疾豈南山之
暴濟兮將寘海之[illegible]溢隱隱填填若降自天高岸渙其
無崖兮平原蕩而為淵遵渚回於淩河兮黍稷仆於中
田匱多稼於億廪兮虚夙敬於祈年外薄郊甸內荒都
城陰無晞景霤無輟聲纖波靡於前途兮微津隅於峻
庭紛雲擾而霧塞兮漫天頹而地盈於是愁音比屋歎
發屢省陽堂之暉朗室無景望曾雲之萬仞兮想白日
之寸脛慼虚無而思深兮對寂漠而言靖毒甚雨之末

晞兮悲夏日之方永瞻大辰以頹息兮仰天衢而引領愁情沉疾明發哀吟永言有懷感物傷心結南枝之舊思兮詠莊舄之遺音羨升彼之歸飛兮寄予思乎江陰渺天末以流目兮涕潺湲而沾襟何人生之倏忽痛存亡之無期方千歲於天壤兮吾固已陋夫靈龜刲百年之促節兮又莫登乎期頤哀戚容之易感兮悲懽顔之難頤考傷懷於衆苦兮愁豈霖之足悲雲曇曇而疊結兮雨淫淫而未散晞朱陽於崇朝兮悲此日之屢晏劾

豐隆於岳陽兮執赤松於神館命雲師以藏用兮紲乘龍於河漢照濛汜之清暉兮炳扶桑之始旦考幽明於人神兮妙萬物以達觀

喜霽賦

余既作愁霖賦雨亦霽昔魏之文士又作喜霽賦聊廁作者之末而作是賦焉

毒霖雨之掩時兮情懷憒而無懌肅有禱於人謀兮反極陰於天律靖屏翳之洪隧兮戢大山之觸石淩風絕

而謐寧兮歸雲反而揮霍改望舒之離畢兮曜六龍於紫閣揚天步之剡剡兮播靈輝之赫奕於是朱明自皓凱風來南復火正之舊司兮黜后土於重陰夷中原之多潦兮反高岸於嵩岑萎禾疎而振穎兮偃木豎而成林嘉大田之未墜兮幸神祇之有歆爾乃俯順習坎仰熾重離無明暢而天地昱兮羣生悅而萬物齊魚淩淵以增躍兮鳥集林而朝隮戢流波於枉水兮起芳塵於沉泥朱光播於甕牖兮素景衍乎中閨天監作照幽明

畢覿普厥有懽覃及四國翕萬情而咸喜兮雖無獲而
自得從未及周和斯有祥冀冀黍稷油油稻粱望有年
於自古兮睎隆周之萬箱原思悦於蓬戶兮孤竹欣於
首陽陰陽交泰萬物方遒炎帝送暑素靈迎秋四時逝
而代謝兮大火忽其西流年冉冉其易頹兮時靡靡而
難留嗟沉哀之愁思兮瞻日月而增憂感年華之行暮
兮思乘煙而遠遊命海若以量津兮吾欲往乎瀛洲臨
儀天之大川兮淩懷山之洪波瞻增城之峻極兮仰蓬

萊之峩峩望王母扵弱水兮詠白雲之清歌雖嘉命之未錫兮將輕舉於流沙振仙車之鳴鑾兮吐玉衡之八和託芝蓋之後乘兮飡瓊林之朝華修無窮以容與兮豈萬載之足多

登臺賦

永寧中參大府之佐於鄴都以時事巡行鄴宮三臺登高有感因以言崇替迺作賦云

承后皇之嘉會兮翼聖宰之威靈肅言而述業兮乃啓

行乎北京巡華室以周流兮登崇臺而上征攀凌坻而遂濟兮迄雲閣而少寧爾乃佇眄瑶軒滿目綺寮中原方華緑葉振翹嘉生民之亹亹兮望天晷之苕苕歷玉階而容與兮倚蘭堂以逍遥縈紫庭之芳塵兮駭洞房之迴飈頹嚮逝而速物兮傾冠舉而凌霄曲房縈而窈眇兮長廊邈而蕭條於是迴路委夷邃宇玄芒深堂百室曾臺千房闢南牎而蒙暑兮啓朔牖而履霜遊陽堂而冬溫兮步陰房而夏涼萬禽委虵於潛室兮鸞鳳矯

翼而來翔紛譎譎於有象兮邈攸忽而無方于時南征
司火朱明鬱遂縣車式徐曜靈西墜暑乘陰而增炎兮
景望淵而曖昧玩瓊宇而情厭兮覽八方而思銳陋雨
館之常規兮鄙鳴鵠之敝第仰淩眄於天庭兮俛旁觀
乎萬類北溟浩以揚波兮青林煥其興蔚扶桑細于毫
末兮崑崙卑乎覆簣於是忽焉俛仰面天地既必宇宙
同區萬物為一原千變之常鈞兮齊億載於今日彼區
中之側陋兮非吾黨之一室本達觀于無形兮令何求

而有質於是聊樂近遊薄言懷伴朝登金虎夕步文昌綺疏列於東序朱戶立乎西廂經莚呈以披藻兮椒塗馥而遺芳感舊物之咸存兮悲昔人之云亡憑虛檻而遠想兮審歷命於斯堂於是精疲遊倦白日藏輝鄗春登之有情兮惡荊臺之忘歸聊弭節而駕言兮悵將逝而徘徊感崇替之靡常兮悟廢興而永懷隆期啓而雲升逝運靡其如穨長發惟祥天鑒在晉肅有命而龍飛兮跚重斯而肇建嘉有魏之欽若兮鑒靈符而告禪清

文昌之離宫兮虚紫微而為獻委普天之光宅兮質率
土之黎彦欽哉皇之承天集北顧於乃眷誕洪祚之遠
期兮則斯年於有萬

南征賦并序

太安二年秋八月姧臣羊玄之皇甫商敢行稱亂凌逼
乘輿天子蒙塵於外自秋徂冬大將軍敷命羣后同恤
社稷乃身統三軍以謀國難自義聲所及四海之内朔
漠之表蒸徒羸糧而請奮胡馬擬塞而思征四方之會

衆以百萬軍旅之盛威靈之著自古已來未之有也粵十月軍次於朝歌講武洽戎以觀兵於殷墟於是美義征之舉壯師徒之盛乃作南征賦以揚匡霸之勳云爾

有皇晉之霸后資濬哲之叡聖崇文德於緝熙濟武功而保定應天鑒之昭華荷帝祐之休命步玉衡以觀八方在璇璣而齊七政芒芒神道化洽崇深卬戾天飛俯洞淵沉振南箕以鼓物冒慶雲而崇蔭恢天維以籠世廓宇宙而宅心濟博施之厚德鏗希聲之大音淵澤回

而泣注豪彥萃而為林九服維清諸夏謐靜肅慎回首沙漠引領天和時降地靈夙挺結芳林之奇幹發珍禾之神穎勵修德於億兆端澄形於萬景在中葉之不競遭皇家之毒亂悲國步之未夷仰夙興而昧旦括無方而大誥集率土而貞觀致天屬於王畿肅有征而省難爾乃建黃鉞之靈威樹戎輅之高蓋伐隱天之雷鼓振凌霄之電旆介夫揮戈而夙興輕武總干而啓萬振靈韶之嘈嘈飛旟旐之藹藹虹旍泝風以委蛇電旄蒙光

而容裔公徒十萬其會雲興悠悠華戎時聞丕承爾乃命屏翳以夕降式飛廉以朝升塗蒙雨而復清景帶天而光澄陪武臣於彤軒列名僚於後乘猛將起而虎嘯商飈肅其來應士憑威而嚮駭馬歔天而景凌臨川屯於廣陸武騎被乎中陵類禡比京師徒經始桓桓先征在河之涘順彼長道懸旌千里羡王師之遵時茂七德而發止爾乃稅駕殷墟我徒既閑順時講武簿狩于原紛同方而類聚煥副翼而明分祇明刑以誓衆習軍政於

舊聞儼山立以崇朁粲煙駭而興紛若寘海之引回流岱靈之吐行雲于時玄冬首時陰風戎煞山澤含哀天地肅又閉夜洌以澄清中原曠而曖昧戎士肅而咸戒三軍紛而雜遝長角哀叫以命旅金鼓隱訇而啓伐景凌寘而四播音乘雲而上逝火烈具舉伐鼓淵淵朱光俛而丹野炎暉仰而絳天曜靈翕赩以增熾憤氣昲悦而凌煙狂飈起而妄駭行雲藹而千眠旌旆翩其猗靡驚熛因而嬗娟爾乃洪音雷動清問魁廣凌雲發揮萬

里振響聲馮虛而天回烈駭空而地蕩映皓月而望舒闇照重昏而大夜朗服縣炎揚而晃儻飛烽戢煜而泱漭乃有熊羆之旅虓闞之將雄聲泉涌逸氣風亮超三軍以奔厲賈餘勇而成壯兆洪音於寂漠先無形而高唱紛若屯雲渙若積波遁陰匿景靜言勿譁絕倡寂其既收萬夫翕而咸和嚴鼓隱而重戒景燧旦而星羅烈蒙陰而卬假曜憑陽而登遐若扶桑之振華葉皓天之散朝霞超燭龍之絕景豈比象於百華

寒蟬賦并序

昔人稱雞有五德而作者賦焉至於寒蟬才齊其美獨未之思而莫斯述夫頭上有緌則其文也含氣飲露則其清也黍稷不食則其廉也處不巢居則其儉也應候守節則其信也加冠冕取其容君子則其操可以事君可以立身豈非至德之蟲哉且攀木寒鳴貧才所不空歎余昔僑處切有感焉興賦云爾

伊寒蟬之感運近嘉思以遊征含二儀之和氣稟乾元

之清靈體貞精之淑質吐嘒嘌之哀聲希慶雲以優游遁太陰以自寧於是靈岳幽峻長林參差爰蟬集止輕羽涉池清澈微激德音孔嘉承南風以軒景附高松之二華黍稷惟馨而匪享竦身希陽乎靈和喉乎其音翩乎其翔容麗蜩螗聲美宮商飇如飛焱之遺驚風眇如輕雲之麗太陽華靈鳳之羽儀渚皇都乎上京跨天路於萬里豈蒼蠅之尋常爾乃振修緌以表首舒輕翅以迅翰華之墜露含煙熅以夕飡望北林以鶩飛集樛木

以龍蟠彰淵信於嚴時稟清誠乎自然翩眇微妙綿蠻其形翔林附木一枝不盈豈黃鳥之敢希唯鴻毛其猶輕憑綠葉之餘光哀秋華之方零思鳳居以翹竦仰佇立而哀鳴若夫歲聿云暮上天其涼感運悲聲貧士含傷或歌我行永久或詠之子無裳原思嘆於蓬室狐竹吟於首陽不銜子以穢身不勤身以營巢志高於鳴鳩節妙乎鷦鷯附枯枝以永處何瓊林之迴脩惟雨雪之霏霏哀北風之飄颻既乃彫以金采圖我嘉容珍景曜

爛暐昱華豐奇侔黼黻豔比袞龍清和明潔犀動希蹤
爾乃綴以元冕增成首飾纓蕤翩紛九旒容翼映華蟲
於朱衮表馨香乎明德於是公侯常伯乃紆紫黻執龍
淵俯鳴佩玉仰撫貂蟬飾黄屋之多士光帝皇之侍人
既騰儀像於雲闥望景曜乎通天邁休聲之五德豈鳴
雞之獨珍聊振思於翰藻闡令問以長存於是貧居之
士喟爾相與而俱嘆曰寒蟬良鳴其聲也悲四時云暮
臨河徘徊感北門之憂殷嘆卒歲之無依望泰清之巍

峩思希光而無階簡嘉蹤於皇心冠神景乎紫微詠清

風以慷慨發哀歌以慰懷

陸士龍集卷一

欽定四庫全書

陸士龍集卷二

晉 陸雲 撰

詩

四言失題 前八章後六章

悠悠懸象昭回太素清濁迭興升降啓度遺和既爽季
春告暮朱明來思青陽受煦

其二

日征月盈天道變通大初陶物造化為功四月維夏南征觀方凱風有集飄颻南窓思樂萬物觀異知同

其三

有奄萋萋寸雨未播黍稷方華中田多稼庭槐振藻園桃阿娜薄言觀物在堂知化

其四

蓬戶惟清玩物一室明發有懷念昔先哲通夢幽人彷彿遺烈清暉在天孰與永日

其五

石啓遺籍思予大觀幽居傲物顧景怡顔況惟解舞衡門重闗思媚古人有懷良盤沉曦含輝芳烈如蘭

其六

厥初生民有物有類自古有稱大寶以位征徒式好俊奔攸遂啓予有聞誨爾達貴

其七

達貴伊何天爵無榮渾淪大昧混其濁清毁方遁象遺

頑履貞道實藏器景以昭形

其八

芒芒陋世奚兢奚錯收彼紛華委之沖漠漂志垂天矯

心馮閣通好莊眀儀形有作安得達人顧予命薄

其一

思樂芳林言采其菊衡薄遵塗中原有菽登彼修巒在

林寤宿彷彿佳人清顔如玉

其二

予美亡此誰爲適道容與俟之元髮方皓躑躅山阿玩此芳草願餐其穎庶以遺老

其三

亹亹嘉時飄忽棄予有瞻逝深永嘆潛淵登願扶桑仰結飛晷伊人匪存遺芳孰與

其四

精氣爲物或降或升徂落攸往神奇有登死生爲徒存亡曷勝謂予不信遺籍有徵

其五

閒居外物靜言樂幽繩樞增結甕牖綢繆和神當春清節為秋天地則爾户庭已悠

其六

嗟我懷人悠悠其潛念昔先烈有懷所欽騁情玩世堂允南金瓊輝邈矣誰適為心明發興言慷慨芳林

詩

征西大將軍京陵王公會射堂皇太子見命作此

芒芒太極元化烟熅頽形成器夌象垂文大鈞造物庶類羣分先識經始實綜彝倫

其二

惟岳隆周生甫及申天監在晉祚之降神邈矣遐風茂德有隣永言配命唯晉之鎭

其三

厥鎭伊何實幹心膂文敎內輔武功外禦淮方未靖帝曰攸序公于出征奄有南浦

其四

南海既賓爰戢干戈桃林釋駕天馬婆娑象齒南金來格皇家絶音協徽宇宙告和

其五

元綱峻極天罔既紘文武方升允兹兼宏峩峩高夏有肅其涼公侯戾止騄驥龍驤善問如林在會鏘鏘

其六

祝融銜節火正緝熙凱風徘徊萬物欣時秩秩初筵溥

言在茲嘉福介祐萬壽無期

大將軍宴會被命作此詩

皇皇帝祐誕隆駿命四祖正家天禄保定叡哲惟晉世

有明聖如彼日月萬景攸正

其二

巍巍明聖道隆自天則分明喪觀象洞玄凌風叶極絶

輝照淵肅雍往播福禄來臻

其三

在晉奸臣稱亂糺微神氣潛駭有赫兹威靈旗樹旆如電斯揮致天之届于河之沂有命再集皇輿凱歸

其四

頽綱既振品物咸秩神道見素遺華反質辰晷重光協風應律函夏無塵海外有謐

其五

芒芒宇宙天地交泰王在華堂式宴嘉會元輝峻朗翠華崇藹冕弁振纓藻服垂帶

其六

祁祁臣僚有來雍雍薄言載考承顏下風俯覿嘉客仰瞻玉容施已唯約于禮斯豐天錫難老如嶽之崇

太尉王公以九錫命大將軍讓公將還京邑祖餞贈此詩

列文辟公時惟哲王闡縱絕期平顯幽光内實慎徽緝熙有藏出紀方隱間督不揚高山峻極天造芒芒

其二

天子念功大典光備肅肅王命宰臣莅事穆矣淵讓遺功遂志思我遠猷徽音孰嗣

其三

后命既靈王人反旆興言出祖飲餞于邁旂旐泱泱軺軒藹藹和風弭塵清暉映蓋

其四

思樂中林言觀其川公王戾止有車轔轔伊誰云饗我有嘉賓羽觴舉酬酢爾征人

其五

悠悠征人四牡騑騑發軫北京振策紫微昔乃云來春林方輝歲亦暮止之子言歸道途興戀伏載稱徽

其六

聖澤既渥嘉會愔愔庭旅鐘鼓堂有瑟琴飛轡清暉扶桑移蔭覿景祇慕揮袂沾襟變彼同栖悲爾異林我有旨酒以歌以吟

大安二年夏四月大將軍出祖王羊二公於城南

堂皇被命作此詩

時文唯晉天祚有祥聖宰作弼受言既藏有赫斯庸勲格昊蒼景物台暉棟隆玉堂

其二

惟常思庸大興光廸聖敬遠隮神道元邈思媚三靈誕膺天篤嘉命既辱玉人言告

其三

翼翼主人言告惟慕公輿駕言乃眷斯顧華旂飛藻鳴

鸞振路騑騑駟牡嘘天載步

其四

我有髙夏如雲斯薈彤軒庋止薄言嘉會問誰在宴惟

俊惟乂豐俎殷薦獻酬交泰

其五

攸攸昊天南正興言朱明有昱髙葉翠繁昌雲垂天凱

風熙顏王臣在此貽宴于懽

其六

懸象西頹虞淵納景嘉樂未晞嚴駕已整行矣征人身乖路永飛驂顧懷華蟬引領遺思北京結轡臺省

贈顧驃騎二篇

有皇美祈陽也祈陽秉文之士駿發其聲故能明照有吳入顯乎晉國人美之故作是詩焉

有皇大晉時文憲章規天有光矩地有疆神篤斯祜本顯克昌載生之雋實惟祈陽哲問宣猷考茂其相

其二

於鑠祈陽誕鍾天篤清輝龍見玄猷淵嘿沉機響駭幽
神廣覿和以同人歸物時育有大惡盈謙以自牧思我
懿範萬民來服

其三

吳未喪師天秩有庸淵哉若人弱冠休風俯翼黃門以
德來忠端秀蕃后正色儲宮徽音鑠穎邈矣遐宗

其四

皇維南終舊邦匪歆委弁釋位如龍之潛考槃穹谷假

樂豐林子雖藏器鐘鼓有音惠風往敬慶問來尋

其五

濟濟元公相維天子明明辟王思隆多士帝曰欽哉有命集止我咨四方令問在爾以朕大賚乃膺嘉祉聿來胥步觀國之紀

其六

惟皇建極緝熙清曜我有畯民明德來照大觀在上主假有廟顯允顧生金聲玉振之子于升利見大人龍輝

絕跡有肅清塵

其七

清塵既彰朝虛好爵敬子侯度慎徽百辟予聞有命德禮不易嗟我懷人瞻言永錫豐祐東法惟子之績

其八

遵汶涉泗言告同征勁風宵烈湛露朝零雲垂靄下泉冽清泠哀哉行人感物傷情從子京邑言觀厥成天保祚德式轂以寧

思文美祁陽也祁陽能明其德刑于寡妻以至于家邦無思不服亦賴賢妃貞女以成其內教故作是詩焉

思文祁陽祁陽克畯天錫淳嘏宣兹義問德音旣烈海外有奮旣奮斯音祇敬厥德照治其家覃及邦國永肇儀刑俾民惟則

其二

文王在上大姒思齊魯侯克昌亦賴令妻鑒神有蘋蘩在斯祁陽載天作之伉儷

其三

在虞之冑實惟有姚穎艷玉秀華茂桃夭居顯祇明在靈格幽清塵熠爍淑心綢繆爰及祁陽惟德之周

其四

其德伊何和貞虔告師民履素言謀慮度鐘鼓思樂請端夙效考休攸嬪來嫁于顧

其五

羔羊執贄玉帛有輝百兩集止之子于歸宗姻風從娣

婭雲回祁陽顧之煥其盈闈

其六

既曰歸止式揚好音言觀河洲有集于林思樂葛藟薄采其葦疾皮攸遂乃孚惠心

其七

惠心既孚有恪中饋敦此衆斯永錫嗣類載延窈窕用和寤寐神之聽之僧祚來爾

其八

昔周之隆有姒如有内刑聖敬外崇多士今我淑人實亮君子亹亹翼翼亦繼斯祉宜爾子孫福禄盈止

從事中郎張彦明為中護軍 并序

奚世都為汲郡太守客將之官大將軍崇賢之德既遠而厚下之恩又隆非此離析有感聖皇既蒙引見又宴于後園感鹿鳴之宴樂詠魚藻之凱歌而作是詩

思文有聖叡哲配天功濟生黎道合上玄休命發揮有集惟賢哲彼寤宿澄此在淵

其二

濟濟多士實播令聞王曰欽哉余嘉乃勲徽音孔碩惠爾風雲穆此芳烈肇揚清芬

其三

肅肅庶僚袨服䍦暉肇被桃蟲假翼翻飛出橅邦家入翔紫微有命既集願言永違

其四

思樂華堂雲構崇基公王有酒薄言饗之景曜徽芒芳

風詠時宴爾賓儐具樂于茲

其五

亹亹我王豐恩允藏我客戾止飲酒公堂自彼下僚聿來有光悲矣永言指塗逝將形違殿闥景附華房

其六

開國承家勿用小人令我聖宰實蓄斯仁淩淵龍躍披林鳳振正直既好嘉禮式陳振我遠德歸于時民

贈汲郡太守

於穆皇晉豪彦實蕃天罔振維有聖貞觀鳴鳥在林良駿即閑萃彼俊乂時亮庶官

其二

抑抑奚生天篤其淳芳穎蘭揮瓊光玉振沉機照物妙思考神思我善問觀德古人

其三

善問伊何惠音孔昭肇允衡門翽飛宰朝肅雍芳林芬饗凌霄穆矣和風育爾清休

其四

亦既有試出宰邦家之子于行民固謳歌風澄俗儉化
靜世波茫茫既庶且樂于和

其五

我有好爵既成爾服入贊崇華遂登帷幄時文聖宰天
祚方轂翔風徽止鴻漸雲嶽

其六

悠悠斯民三代直道我求明德惟奚悠考緝熙暉章天

禄來保惠心無競豐化有造

其七

樂只君子茂德攸綏嗟我懷人式是言歸聿言來集如翼斯揮日予不惠照爾清暉

其八

職思其殊亦各有司念我同僚悲爾異事之子之遠悠悠我思雖無贈之歌以言志

陸士龍集卷二

陸士龍集卷三

晉　陸雲　撰

詩

兄平原贈 幷序

余弱年夙孤與弟士龍銜卹喪庭續會逼王命墨經即戎時並縈髮悼心告别漸歷八載家邦顛覆凡厥同生彫落殆半收迹之日感物興哀而龍又先在四時廹當

祖載二昆不容逍遥衘痛東徂遺情西暮故作是詩以寄其哀苦焉

於穆予宗禀精東嶽誕育祖考造我南國南國克靖實緜洪績惟帝念功載繁其錫其錫惟何玄冕衮衣金石假樂旄鉞授威匪威是信稱平遠德奕世台衡扶帝紫極

其二

篤生三昆克明克俊遵塗結轍承風襲問帝曰欽哉纂

戎裂祚雙組式帶綬章載路即命荆楚對揚休顧肇敏厥績武功聿舉烟熅芳素絪繆江滸昊天不弔胡寧棄予

其三

嗟予人斯胡德之微闗彼遺軌則此頑違王事匪盬旂旆屢振委籍舊戈統厥征人祈祈征人載肅載閑騤騤戎馬有闕有翰昔予翼考惟斯伊撫今予小子繆尋末緒

其四

有命自天崇替靡常王師乘運席江卷湘雖闕 守守從武臣守局下列譬彼飛塵洪波雷擊與衆同泯巔跋西夏收跡舊京俯懃堂構仰慺先靈孰云忍媿寄之我情

其五

伊我俊弟洛爾士龍懷襲瑰瑋播殖清風非德莫懃非道莫宏垂翼東畿耀穎名邦綿綿洪統非爾孰崇依依

同生恩篤情結義存並濟胡樂之悅願爾偕老攜手黃髮

其六

昔我西征扼腕川湄淹滯即路燿袂長辭六龍促節逝不我待自今迄茲曠年八祀悠悠我思非爾焉在昔並垂髮今也將老銜哀茹慼契濶充飽嗟我人斯胡恤之早

其七

天步多艱性命難誓常懼隕斃孤魂殊裔存不阜物沒不增壞生若朝風死猶絕景視彼浮遊方之僑客眷此黃壚譬之斃宅匪身是忝亮會伊惜其惜伊何言紆其思其思伊何悲彼曠載

其八

出車戒塗言告言歸蓐食驚駕夙興宵馳濛雨之陰炤月之輝陟陵峻坂川越洪濟爰屆爰止步彼高堂夫爾羽邁良願中荒我心永懷匪悅匪康

其九

昔我斯逝兄弟孔仁今我来思或彫或疚昔我斯逝族有餘榮今我来思堂有哀聲我行其道鞠為茂草我履其房物存人亡拊膺涕泣血淚彷徨

其十

企佇朔路言告爾歸心存言宴月想容輝迫彼窀穸載驅東路繼其桑梓肆力邱墓婉兮孌兮興懷罔極眷言顧之使我心惻

答

伊我世族太極降精昔在上代軒虞篤生厥生伊何流
祚萬齡南嶽有神乃降厥靈誕鍾祖考徹茲神明運步
玉衡仰和太清賓御四門旁穆紫庭紫庭既穆威聲爰
振厥振伊何播化殊鄰清風攸被率土歸仁彤弧所彎
萬里無塵功昭王府帝庸厥勲黄鉞授征錫命蘋蘩闞
如虓虎肅茲三軍光若辰時亮彼公門仍世上司芳流
慶緒雲和所產爰育二昆誕豐岐嶷夙邁令問令問伊

何休音允臧先公克構乃崇斯堂耀顯工京發迹扶桑
我車山征時惟鷹揚鷹揚既昭勳庸克邁天子命我鎮
衛于外在作扞城以表南裔降災匪躅景命顛沛惟我
賢昆天姿秀生含奇播殊明德惟馨太陽散氣乃稟厥
和山川垂度爰則厥遐厥遐伊何惟光惟大惟大伊何
如岱如渭恢此廣淵廓彼洪懿宏道惇德淵哉惟器統
我先基弱冠慷慨將宏祖業實崇奕世咨予頑懞蕞爾
弱才沉耀玄渚挹彼雲淇陶化靡移固陋于茲瞻仰洪

範實忝光基巍巍光基重規累構赫赫重光遐風激鷲
昔我先公爰造斯猷令我六蔽匪崇克扶悠悠大道載
邈載遐洋洋淵源如海如河昔我先公斯綱斯紀令我
末嗣乃傾乃圮世業之頹自予小子仰愧靈丘銜憂沒
齒憂懷惟何顧景惟塵峩峩高蹤眇眇貧辰明德繼體
莫非哲人令我頑鄙規範靡遵仍世載德荒之予身莫
峻匪岳有峻斯登莫高匪雲有高斯淩矧我成基匪克
階升元黃長坂載寐載興豈敢憚行哀此負乘芒芒高

山自予頹之濟濟德義匪予懷之終銜永負于其愧而
昔予言曠汜舟東川銜憂吉辭揮淚海濱羲陽趣駕炎
華電征自我不見邈哉八齡悠思迴望寤言通靈音我
徃矣辰在東隅今我來茲日薄桑榆銜艱遘愍困瘁殷
憂哀矣我世匪蒙靈休開元迄茲震興迭微弱風隱駭
海水羣飛王旅南征闞耀靈威予昆乃播爰集翔土載
離永久其毒太苦上帝休命駕言其歸多我遘愍振蕩
翔垂羇縶殊俗初願用違嚴駕東征肅邁林野夕秣乘

馬朝整僕旅蹻蹻乘馬載驅載馳漫漫長路或降或陷
晨風夙零朝不皇飢傾景儵墜夕不存罷雖有豐草匪
釋弇駟雖有重陰匪遑假寐煢煢僕夫悠悠遥征經彼
喬木有鳥嚶鳴微物識儕矧伊有情樂兹棠棣實歡友
生既至既覯滯思曠年曠年殊永覯未浹辰恨其永懷
憂心孔艱天地永久命也難長生民忽霍曷云其常我
之既存靡績靡紀乾坤雖並寂焉其已生若電激沒
若川征存愧松栢逝慚生靈匪忝性命實悼徒生苟克

析薪豈憚寘寘瞻企皇極徼福上天冀我友生要期永年昔我先公邦國攸興今我家道綿綿莫承昔我昆弟如鸞如龍今我友生凋俊墜雄家哲永徂世業長終華堂傾構廣宅頽墉髙門降衡修庭樹蓬感物悲懷愴矣其傷惇仁汜愛錫予好音晞光懷寶煥若南金披華玩藻煜若翰林詠彼清聲被之瑟琴味此殊嚮慰之予心宏懿忘鄙命之反覆敢投桃李以報寶玉冀憑光益編諸末録

贈鄭曼季往返八首

谷風懷思也君子在野愛而不見故作是詩言其懷思之也

習習谷風扇此暮春玄澤墜潤靈爽煙熅高山熾景喬木興繁蘭波清蹋芳澍增涼感物興想念我懷人

其二

習習谷風載穆其音流瑩鼓物清塵拂林霖雨嘉播有渰淒陰歸鴻近矣元鳥來吟嗟我懷人其居樂潛明發

有想如結予心

其三

習習谷風以温以凉元黄交泰品物含章潛介淵躍候

鳥雲翔嗟我懷人在津之梁明發有思凌彼褰裳

其四

習習谷風其集惟高嗟我懷人於焉逍遥鸞栖高岡耳

想雲韶榭翼墜夕和鳴興朝我之思之言懷其休

其五

習習谷風其音孔嘉所謂伊人在谷之阿虎質山嘯龍輝淵蟠維南有箕匪休其和有球斯畢戢爾滂沱懿厥河漢惟彼大華明發有懷我勞如何

鄭答

鴛鴦美賢也有賢者二人雙飛東岳揚輝上京其兄已顯登得朝而弟中漸婆娑衡門然其勞謙接士吐握待賢雖姬公之下白屋洙泗之養三千無以過也乃肯垂顧惠我好音思樂結永好之懽云爾

鴦鴦于飛在江之渼和音反暢拊翼雙起朝遊蘭池夕
宿蘭沚清風翕習扇彼蘭莅淩雲高厲載翔載止

其二

鴛鴦于飛載飛載吟有鬱浚藪實惟桂林芳條高茂華
縈垂陰爰翶爰翔爰憩其南有薇清芬協我好音

其三

鴛鴦于飛乘雲高翔有嚶其友戢翼未翔澹淡素波容
與趨倡雖曰戢止和音遠揚我有好爵與子偕嘗

其四

鴛鴦于飛徘徊翩翻載頡載頏命侶鳴羣有鬱蘭臯洌

彼清源駕言遊之聊樂我云思與佳人齊懽順川

其五

鴛鴦于飛或飛或遊習習谷風扇彼清流春草揚翹黿

龜沉洋感物興想我心長憂誰謂河廣曾不容舟企予

望之搔首踟躕

其六

鴛鴦于飛載和其鳴懷爾好音寡我中情人亦有言心得遺形授我木瓜報爾瑶瓊匪緊曰報永好千齡

陸贈

鳴鶴美君子也太平之世君子猶有退而窮居者樂天知命無憂無欲碩人之考槃傷有德之遺世故作是詩也

鳴鶴在陰戢其左翼肅雍和鳴在川之側假樂君子祚爾明德思樂重虛歸于其極嗟我懷人惟馨黍稷

其二

鳴鶴在陰其鳴喈喈垂翼蘭沼濯清芳池假樂君子其
茂猗猗底之瑰寶有粲瓊瓌乃振褧裳襲爾好衣嗟我
懷人啓襟以晞

其三

鳴鶴在陰其儀譪譪謂天蓋高和音于邁假樂君子篤
膺俊乂穆風潛烈興雲戢薈德茂當年時行嘉會安得
擊藻改爾縞帶嗟我懷人心焉忼慨

其四

鳴鶴在陰載好其聲漸陸儀羽遵渚回涇假樂君子祚之篤生德耀有穆如瑶如瓊安得風帆深濯歸滅景遺雲雨爾在北寘嗟我懷人惟用傷情

鄭答

蘭林懽至好也有君子世濟其美英名光茂遭時暫否福德衡門顧我慇懃屢辱德音思與結好以永不刊

瞻彼蘭林有翹有秀有斐君子邦之碩茂厥德伊何固

天攸授如川之源如山之富回流清淵啓襟開裕搢紳睎風民用胥附

其二

猗猗碩人如玉如金浚其明哲尅廣德心習習凱風吹我棘林飛鴞萃至允懷好音悠悠征徒輶德鮮任嗟我猗人和樂實忱

其三

在昔延州鵠鳴江淮令我陸子曠世繼奇身乘千載德

音並馳漸鴻遵渚究其羽儀安得高風騰翮天池

其四

飛龍蜿蜒山谷升氣猛虎嘯吟清風高厲情同來感數乖身逝夷絶齊權專名故世豈弟君子民之攸塈咨予遘時千載同愛

其五

垂龔之會匪詩不宣嗟我懷人斯恩斯勤德音來訊有蔚其文菽菽懮免匪迹不存誠在心德愛結忘言

陸贈

南衡美君子也言君子遯世不悶以德存身作者思其以德來仕又願言就之宿感白駒之義而作是詩焉

南衡惟嶽峻極昊蒼瞻彼江湘惟水泱泱清和有合俊乂以藏天保定爾茂以瓊光景秀濛汜穎逸扶桑我之懷矣休音俊揚

其二

穆穆休音有來爾雍沉波涌輿淵芳馥風傃虛養恬照

日遺蹤考槃遵渚思樂潛龍我之懷矣寘爾華官

其三

和璧在山荆林玉潤之子于潛清輝遠振克稱輶德作

寶有晉和聲在林羽儀未變我之懷矣有客來信

其四

風雲有作應通山淵清琴啓彈宫商乘絃類族知感有

命自天㝠叔希世猶謂比肩剋我與子姤會斯年

其五

我之懷矣在彼北林北林何有於煥斯文瓊瑰非寳尺牘成珍豐華非妙得意惟神河魴登俎遺答清川

鄭答

南山酬至德也有退仕衡門修道以養和棄物以存神民思其治士懷其德或思置之列位或思從之信宿詩人嘉與此賢常年相遇又屢獲德音情懽心至故作是詩焉

陟彼南山言采其蕭樂只君子邦家之翹克茂厥猶輶

德是收聊道以儉廣愛以周嗟我懷人永好千秋

其二

瞻彼江潭言釣其鱮有美碩人自公退處蕭衷逍遥輶

德是舉白駒遯時世事孰與思我猗人寘之晉序有客

信信獨寐寤語

其三

天高地畢元黄煙熅人道交泰自昔先民耽文合好輔

德與仁管叔罕儔曠世難鄰修組施結元弁生塵洛我

與子遘會當身琴瑟在御永愛纏綿

其四

瞻彼江澳言泳其潭所謂伊人在水之陰養和以泰樂道之潛錦衣尚絅至樂是耽興言永思繫懐所欽愛而不見獨寐寤吟

其五

詩以言志先民是經乃惠嘉訊徳音惟馨欽詠繁藻永結中情華文傷實世士所營達人神化反之混冥爻棄

其數言取其誠思與哲人獨寶其貞

陸贈

瞻彼高岡有猗其桐允也君子實寶南江員規啓俗沉

矩履方泳此明流清瀾川通陟彼衡林味其回芳

其二

馥馥回芳綢繆中原祁祁庶類薄采其芳栖遲泌丘容

與衡門聲播東氾響溢南雲

其三

穆穆閶闔南端啓籥庶明以庸帝聽式闢有鳳于潛在林栖翮非予之祚孰與好爵

其四

幽居玩物顧景自頤發憤潛惟仿佛有思予美忘此終然胥來企予與言惟用作詩

鄭答

瞻彼中林蘭黃猗猗允矣君子樂且有儀沉仁育物玄聰鏡機德充闈庭名逸南畿祁祁俊友言酌言依

其二

鼓鍾于宮百里震聲亹亹令問歸我偉貞厥震伊何駿奔以驚厥問伊何民胥以寧有鶴在陰非子誰鳴我有好爵非子孰盈

其三

潛龍遁初有鳳戢羣王猶未泰彝倫錯違皐門重重欵爾啓扉庶績適斁非爾焉綏冀冀京宇俟爾攸晞民之胥望如渴如饑

其四

德音來惠覆玩三周沉潤淵洞逸藻雲浮結心所親曷變曷渝路隔津梁一葦限殊終朝之思三秋是踰愛而不見興言踟蹰

贈顧尚書

五嶽降神四瀆炳靈兩儀鈞陶參和大成兆光人倫誕育至英於顯尚書實惟我兄行成世則才為時生體道既宏大德允明厥宏伊何靡曠不遵厥明伊何靡妙不

研無索炤灼有氷幽玄細微不錯毫芒以陳積簣為山
納流成淵扶翹布華養物作春所肅以禮所潤以仁宣
質拔行曜文入采堅不可鑽清如凝氷方迹迎跟蹈齊
闕里晞聖而惟亦顧之子彼棄芝英玩此蘭茝異世同
芳其馥不已我蘭既馥我風載清能芬南岳運芳北征
予有其德人求其馨逝此陋巷薰彼紫庭厥音不已鼓
鐘有聲聞天之聰譬之鶴鳴天聰既昭我實惟彰乘風
之鳳眷言朝陽披雲藻繡來此舊鄉謙光自抑厥輝愈

揚麗容魋翕孔好已張既照平林且我華英華英已曜
餘光難延會淺別速哀以紹欣追曠同塗暫和笑言殊
音合奏曲異響連絶我懽條統我思因根分來在愛感
往思我非形景有處有遊載離載會且懽且憂感彼遠
曠忝此延娛樂奏聲哀言發涕流惟願我子德與福俱
亦天之祜亦我之求

贈顧彥先

元黄挺秀誕授至真行該其高德被其新光瑩之偉隋

下同珍騰都之足龍鳳合塵

其二

皇皇明哲應期繼聲華映殊域實鎮天庭入輔出輔乾

乾靡寧夏發凉臺我雨我暑冬違邦族風霜是處嗟彼

獨宿誰與晤語飄颻艱辛非禹孰舉言念君子悵惟忠

楚

其三

悠悠山川驍驍征遐陟升嶕嶢降涉洪波言無不利乘

嶮而嘉人懷思慮我保其和

其四

邂逅相遇良願乃從不逢知己誰濟予躬莫攀莫附媿我高風時過年邁晻冉桑榆晞光賴潤亦在斯須假我東塗頓不忘驅汜予津川桴不失浮無愛餘輝遂晴東隅

其五

幽幽東隅戀彼西歸瞻儀情慼聆音心悲之子于邁夙

夜京畿王事多難仲焉徘徊

答顧秀才

芒芒上玄有物有則厥初造命立我藝則爰兹族類有覺先識斯文未喪誕育明德

其二

允矣顧生載靈之和沉根芳沼濯秀蘭波淵翹戢穎景茂凌華惟是德心是用閑邪

其三

德心伊何行歸于周睎高仰峻企遠懷悠匪顧在明靡
倦斯幽凡我同朋瞻言清休

其四

慎終于遠俾民歸厚言若有行及予攜手何以恤我其
仁孔有心之云愛隆敬其久

其五

既邁斯仁亦迪茲文藻不雕樸華不變淳有斐君子如
珪如瑞狎欽德類依懷惠詮式揚好問邦家于宣

答大將軍祭酒顧令文

惟林有鸞惟淵有螭顯允明德實邦之基先後陟恪于配于茲遵彼玉堂受言講之

其二

中原有軌世鮮克蹈先民有懷于採其妙心猶水鑒亟景內照名若振炎攄光外燿

其三

相彼水鑒民胥攸臨刻曰明德人誰弗欽寫我朵頤即

爾澄心義隆自古好邈在今

其四

大人有祚興雲自天之子于升亦躍于淵景曳清霄響

發鳴弦義問宏集淑風載鮮

其五

企予朔都非子孰念豈無弱翰才不克贍惠音聿來瓊

華玉艷無德不報念辭惟忝

答吳王上將顧處微

邈矣大昧造化明明物以曲全人以直生類聚百族羣
分萬形員淵挺隨方川吐瓊

其二

藹藹洪族天禄攸蓄神綏厥本道裕其源條有豐葉波
無輟瀾烈風時播芳響世繁

其三

曰繁曰熙載德于兹克文克敏乃惠乃慈遵彼洪流溥
言詠之好是神契聊與之期

其四

仁勇同宅文武相紛王謂御事誰撫上軍於時貔飛虎嘯

江瀆式遏不虞俾也無塵

其五

三代既遠直道垂音非齒馬尚非德孰欽鑽仰自古鮮

回在今匪唯形交殷薦其心

其六

心以殷薦分以道成祇服惠顧疇此深情亦有芳訊薄

載其誠豈無春暉茲焉可榮

其七

大道易聞崇軌難襲孰云匪懲咎悉尤集敢謝不佞栖
山自戢臨篇焉愧德輶辭輯

其八

翩彼日月逝猶駭電朝華未厭夕風已扇詩亦有悲無
幾相見懷德歎心于焉東眷

其九

平津晚貢貢公後徵陟彼玉階黄髪來升靈卉三秀芳草秋興唯頤清神福禄是膺

贈鄱陽府君張仲膺

神林何有奇華妙實皇朝如何竆文極質斌斌君子升堂入室太上有曜子誕其輝知幾日難子達其微入輔幃幄出御千里滔滔江漢南國之紀

其二

謁帝東堂剖符南征天子命我車服以榮何以潤之德

被蒼生何以濟之威振犀城却愚以化崇賢以仁鳳舒其翮龍濯其鱗憶彼荒藪莫敢不賓雖云舊邦其命維新

其三

下和南金終始一色顯允君子窮達一德宏仁屬道物究其極古賢受爵循墻虎恭今哲居貴屨盈如冲接以化愛舊以豐隆此嚶鳴惇彼谷風

其四

忠至寵加孝至榮集內崇南芬外清名邑韡韡棠棣夐
增其華猗猗桑梓厥耀孔多被繡晝行昔人攸羨階雲
飛藻孰與同榮

其五

人道伊何難合易離會如升峻別如順淇嗟我懷人曷
云其來貢言執手涕既隕之

孫顯世贈

五龍戢號雲鳥纂紀淳化既離義風肅始軒冕垂容文

教乃理奕奕英族盛德豐祀

其二

於赫皇吳應天統元蒸文烈公光讚懿勲九命重輝恭德彌勤華黻襲藻金石載振

其三

淵哉陸生本顯洪胄亦崇懿風邈彼宏裕無競惟德豐光伊茂文以義好施以仁富

其四

山積惟峻道隆名遐潛景在淵龍躍承華既升爾儀誰不允嘉有濉重深載清其波

其五

濟濟皇朝戠戠髦士序爵以賢惟俊萃止翩翩二官令問不已乃遷華閣皇典斯紀

其六

思文大謀恢我王猷清風肆穆雅憲允休邁彼江川邈此北流微言蘭馥玉藻雲浮

其七

遭時之險虎穽滔天憑德羨重絜此俊賢休否既亨名以德淵清微伊鑠鑽之彌堅

其八

明明大象玄鑒照微顯允君子求福不回善挹引慶險以德祈澄濁以靜罔久不暉

其九

釋彼遊寄樂此窈貞形以神和思以道新清雲方乘芳

餌可捐達觀在一萬物自賓

其十

寂寞重門誰和予音瞻彼晨風思託茂林

答

邈矣上祖垂休萬葉廣問宏被崇軌峻躡高山克荒大

川利涉繁藹惟祜風連雲接

其二

大人有作二后利見九功敷奏七德般薦凹實重芳勞

烈再扇奕世宏道天祿來宴

其三

道宏振古祚末替令如彼在川亦有浮沉大韶既素響非我音豈曰荒止塗弗克尋

其四

昌風改物豐水易瀾百川總紀四海合源在彼焉取聿來莫觀曾是褊心敢忘丘園

其五

員暉偏照玄澤謬盈發彼承華頓此增城記景靈雲倦
遊紫庭匪曰能知實忝長嬰

其六

煥矣金虎襲我皇猷孰云匪忝仰愧蒼流往蹇來反弭
迹一邱變彼東朝言即爾謀

其七

振振孫子洪族之紀志擬龍潛德配麟趾引服朗節克
明峻軌遵彼中皐於穆不已

其八

於穆不已大都是階之子于命民應如隤厚德時邁協風允諧惠此海湄俾也可懷

其九

乃眷邱林樂哉河曲解紱披褐投即懷玉遺情春臺託蔭寒木言念伊人溫其在谷

其十

道侯人行辭以義輯和容過表余未云執惠音宏播清

風駿集懷德形憮臨篇景立

失題二首

美哉良友稟德坤靈明照遠鑒幽微研精超跡皇英質如瑶瓊贈我翰林示我丹誠道同契合體異心并自頃西徂合於五樓遅想歡娛覿我良疇亦既至止願言莫由室邇入禹中情則憂抱恨東遊神往形留何以含忍寄之此詩何以寫思記之斯辭我心愛矣歌以贈之無祕爾音不我是貽

有美人兮芳間芬葩嗟我欽羡夢想光華亦既至思上
下欣嘉德馥秋蘭容茂春羅淑以令娣惟予陋何雖有
良友朽木難加愛樂朋規贈以斯歌皆能載之其美孔
多嗟痛溥祜並罹哀苦堂構既崩過庭莫覩我瘁西隣
子沉東土契濶艱辛誰與晤語身滯情往神遊影處發
夢宵寐以慰延佇

陸士龍集卷三

欽定四庫全書

陸士龍集卷四

晉 陸雲 撰

詩

答兄平原二首

悠悠塗可極別促怨會長銜思戀行邁興言在臨觴南

津有絶濟北渚無河梁神往同逝感形留悲參商銜軌

若殊迹牽牛非服箱

行矣怨路長惄焉傷別促指途悲有餘臨觴歡不足我若西流水子如東峙嶽慷慨逝言感徘徊居情育安行攜手俱契濶成腓服

為顧彦先贈婦四首

我在三川陽子居五湖陰山海一何曠譬彼飛與沈目想清慧姿耳存淑媚音獨寐多遠念寤言撫空衿彼美同懷子非爾誰為心

悠悠君行邁煢煢妾獨止山河安可踰永路隔萬里京

室多妖冶綦綦都人子雅步擢纖腰巧笑發皓齒佳麗
良可美衰賤馬足紀遠蒙眷顧言銜恩非望始
翩翩飛蓬止郁郁寒水縈遊止固殊性浮沉豈一情隆
愛結在昔信誓貫三靈秉心金石固豈從時俗傾美目
逝不顧纖腰徒盈盈何用結中款仰指北星辰
浮海難為水游林難為觀容色貴及時朝華忘日晏皎
皎彼姝子灼灼懷春粲西城善雅舞總章饒清彈鳴簧
發丹脣朱絃繞素腕輕裾猶電揮雙袂如霧散華容溢

藻幄哀音入雲漢知音世所希非君誰能讚棄置北辰星問此玄龍煥時暮復何言華落理必賤

答張士然一首

行邁越長川飄飄冒風塵通塗渡激江渚悲風薄邱榛修路無窮迹井邑自相循百城各異俗千室非良鄰歡舊難假合風土豈虛親感念桑梓域髣髴眼中人靡靡日夜遠眷眷懷苦辛

芙蕖

緑房含青實金條懸白瑑俯仰隨風傾煒煌照清流

陸士龍集卷四

陸士龍集卷五

晉 陸雲 撰

誄

吳故丞相陸公誄

惟赤烏八年二月粤乙卯吳故使持節郢州牧左都護丞相江陵郡侯陸公薨嗚呼哀哉皇朝迭紹成命昊天聖王作矣世有哲臣覲監在吳乃降斯神思皇我后應

運對揚穎秀崇華景逸扶桑龍輝襲極鳳鳴玉堂舉旗
清阻奮鉞夷荒悠結沉維峻極公綱將撫遠績括地九
圍皇淳爽泰昊旻疾威生民如何哲人其頹登靈在天
遺音播徽敢揚元勳表之素旂乃作誄曰
濬哲我祖時文峻德元粹納真清休載式本承慶輝駿
惠罔極申錫多祜本支千億芳條遠蔭靈根茂植根條
伊何苗黃裔舜長發其祥貽我祚晉神明之緒實蕃瑰
雋和音嗣世不替碩彥明鑒在下降命上玄我公初載

天嘏之純重光納照璇璣授銓仰儀喬嶽俯濯洪川清
輝秀穎雲翹映晨肇彼岐嶷允迪天真先心則智率意
斯仁秉夷清昧體靈協神神休載鑠九德兼和挹揮茂
朴豐淳鎮華景峻凌高玄源踴波造辰竦隆彌海廓遐
光備旣淳逸軌爰超閎囿苞荒景靈渥耀山林嶽秀天
光乃照窮化機神探賾衆妙駭塵氛埃澄響清霄恢淵
博量騰險峻邵振綱宇表登軌絕蹈厥初藏器棲蟠海
嶽披藻崑崙濯秀暘谷沉輝熙茂清塵熠爍含章在淵

發揮龍躍時復陽九承乾之衰有皇于井玉軒徘徊爰
玆赫奕需期雲飛天步皇輿載見太微華堂誕基委虵
自階將輝既隮嘉命乃集和美未揚牢物下邑康年委
登惠風時協在斷無頗于敎斯輯金虎覿精戎車孔肆
神寶播越天人釋位有命在玆帝思元帥委弁總干振
翼虎噬威靈既授六軍有序乃誓我衆乃整我旅神干
山立雄旗電舉懸旌汜陽即戎江滸我后日敬上帝臨
予靖端夙夜匪寧匪處經始綿綿滂沱惟海乃斡中軍

入作内輔公侯陟降在帝左右關某滔天作雲西土帝
曰將軍整爾熊虎赫赫明明皇輿出祖龍舟照淵旟旐
映野鋪敦淮濆仍執醜虜荆南既集方嶮未夷天子命
我撫之西垂公侯戾止威神緝熙虔劉作虐思輯子來
妖殄北靡搴爾雄旗獷彼羣蠻祁祁遺黎柔遠能和薄
言綏之方隅肅清烈文雋武舍爵明堂冊勳天府天子
曰咨我圖乃功錫爾青土建侯于東開國名墟光宅海
邦分圭作寶軒輅以庸既受帝祜公用和大駟驖孔阜

元戎杳藹淑旂飛藻綏章丞蓋振我輝靈四方于邁劉王負嶮寇我西隣公侯赫怒干戈啓陳金鉞鏡日雲旗絳天凌岡襄嶽沉維括淵元王隕難鯨鯢墜鱗戎漢時殪方域清塵曹休東踰我疆斯越帝簡厥佐將命其傑乃俾我公啓行警伐江漢之滸恪恭授鉞揖帝整旅隱爾霆發桓桓神誅震驚魏方我公矯矯虎視元戎截彼醜旅效此武功武功既彰天威薄曜靈武震華邊垂清暴振旅凱入王假有廟假廟伊何本庸寵祚土田陪敦

四牡載路出餞于郊此惟予顧禮嘉嵩高樂和湛露改

容肅至傾蓋寵步鞶帶翩紛珍裘阿那區宇惟寧繁過

帝祉於穆疇咨敷奏多士將庸元輔相惟天子僉曰公

侯宜有爰止繡裳縟藻衮帶重紫邃虛上司命公登宰

帝曰丞相朕嘉君德以茲軒冕往踐乃職宣爾獻心維

皇協極邦國若否四方爾式公拜稽首欽翼明聖乃御

機衡仰嶶七政祇恪本顯無易惟命巍巍天邑惟清四

門公侯作弼煥炳皇文重輝熾景協風煙熅百神秩祀

兆獻思淳克諧庶尹遂成帝勲時雍既濟王途克廣儀
形我度軌物垂象後遐施歸崇詹惠仰茂德栖音廣問
沉響洪範遠廸玄猷洞深靈澤崇藪天嶮垂陰翰飛樂
嶮淵蟠泳沉澤豐泉丘潤博雲林遭世大過彝倫靡肅
亹亹公侯思惟雅俗發憤戎衣永言禮樂被分敦化荷
戈思學體仁長物御風熙國叡鑒擢徽玄輝鏡璞戒危
膏粱收後白屋五品時訓民神攸鑠我有典文如曜如
辰何以崇之匪闌伊人我有烈武如震如霆何以將之

保大豐年思宏景業熙世登民克壯碩老秉鉞河津社
祚勿引早世幽神仰慕遺輝寤辟憂殷嗚呼哀哉永惟
我公克明德心紛藹芳和被之惠林公侯没矣孰嗣徽
音名存體逝德茂形潛民之秉思好是嘔吟嗚呼哀哉
惟帝念功寵命光大考謚典謨崇榮協泰安官載考我
公于邁輀軒啓塗先驅鸞旆哀風結輿遺思馮蓋舍此
休明即被重藹攀慕靡及永戀光爱嗚呼哀哉

晋故散騎常侍陸府君誄

惟太康五年夏四月丙申晉故散騎常侍吳郡陸君卒
嗚呼哀哉天降純嘏誕育俊乂才毓九德鍾三懿應
運繼期顯徽闡昧特恢大猷雍化熙世昊天不弔奄忽
零墜嗚呼哀哉朝隕棠榦邦喪國輝帝欽遺烈士詠清
機思經皇心痛浹民懷揮涙充邑惜慟盈畿敢述洪迹
于兹素旂其辭曰
於穆皇源時惟誕宏權輿有嬀爰帝暨王徽音接響丕
祚克昌乾鑒南眷誕降我祖顯考尚書納言帝守正命

惟允銓衡攸序篤生常侍固天所隆祚以靈粹陶以惠
風道協體稟德與性鍾叡心遠暢淵思遐通瞻言潛覽
克哲克聰躭精遐典肆志篇章仰咨遺訓思齊曩蹤摛
光丞晦徵言是綱錯綜羣藝精徹毫芒顯允閑姿既明
且緯敦叙氾愛經德紀義契闊邦族是綜是緯博約以
禮陳錫載施雍雍閨闈克諧由仁率禮崇化色養寧親
九族和睦德被宗姻猗猗髦俊祁祁搢紳鑽仰明範挹
道希塵愷悌宏裕惠化是振潛機密暢靡幽不甄濯以

清波權以明鈴旌善板築刊穢紫扆邦無媮幸靈不年
員沐浴玄源風移俗純儀德郯甸比化泗濱燿畧切輝
既升未融爰莅揚邑作尹名邦密邇帝畿大東小東宣
敷五教敞化以崇徽無墜命興無廢功帝欽良政民懷
穆風粵稽舊章率由典刑考績三載絀幽陟明超踐皇
闈紆組垂纓奕世納言帝衡以平本崇曩烈堂構克榮
征韓屢振干戈未戢乃秉雄戟徽戎東邑四壯徂征威
德以立爰守會稽青紱既襲帝曰欽哉疇咨羣后改授

顯服屯騎是撫雍容皇甸綜文經武時值大過士爽其
德虔惟常侍高明柔直履冰察霜淪心遠測春存三季
形志于色頻顑厄運載離咎慝靖亨思順曹氏匪草投
弁釋紱皓恩東嶽遁世無悶清淵是濯馥風彌馨明徽
載鑠皇途既闢天罔誕張運在九五違嶮即康猗歟高
懿避風遠藏帝降大命丘園是揚祼將天邑舒藻舊京
僉曰休哉昭德塞違乃升常伯補闕拾遺振纓紫極攄
光太微奕奕玄冕熠熠貂璫仰耀皇維俯映明堂輿振

鳴鸞體佩琮璜居德彌沖雖休匪康旣躝君宿未跱㫬
扆將陟太階弘載育民皇靈靡顧大命奄臻厲亟彌留
儵忽頹湮嗚呼哀哉黃河難澄梁木易荒聖賢絶景希
世齊光豈曰徒生實維天綱於鑠常侍本德昭仁俯鏗
瑤響仰綴玉振其在克壯自蹇秉屯鳳翳靈條龍竄祕
泉收逌匿耀洪冡陶緼雖躝嘉運託景風雲瑰光旣耀
靈寶未闡弗慮皇圖御恨徂遷嗚呼哀哉江河慕海丘
陵樂山於惟君德齊聖廣淵羣彥景附漸化濯真益以

崇巖函以裕淵西徂華源貿澤慕塵幽萌潛暢滯思賴
振六言六行匪君不肅五有三無匪君不極衡准失平
匪君不直方榮遐邈匪君不式君其永沒民其焉則結
思遺愛惟哀允惻嗚呼哀哉仲尼喪魯孺慕失聲國僑
殞鄭邦無竽笙賓惟常侍徽懿克明恩懷士心信結民
情聞者巷泣赴者風征八音輟響獻酢弗營羽檝翳川
輕駕盈庭揮袂雲藹殞淚雨零嗚呼哀哉伊惟平生襲
寵荷輝愷樂永明桑梓猶哀聿懷震丘言告言歸明德

遠燭慮凶以吉雖則榮泰存亡是卹爰築新邑經始匪日眷懷不虞寧櫬斯室王事靡盬皇畿是旋鳴和吉往曾未浹辰震旆凶歸輝景長泯痛感皇祇哀普四民嗚呼哀哉穆穆天子昭明有融乃命三人禮憲是崇賜以歸賵榮以贈終冠蓋南徂映旗輝邦日薄南陸辰次天漢龜筮協貞靈域載判明器既庀神道已羨縣象未登明星有爛軒車微動執紼同贊未棄高厦黃壚是館寧彼昏昧荒此輝粲幽房長鍵修夜靡旦翼翼輕蓋翩翩

丹旂龍章舒藻旟旐有煇轜輪軫結元駟徘徊人誰弗
思靡思匪哀援扎心楚投翰餘悲嗚呼哀哉

晉故豫章内史夏府君誄

惟永寧元年五月二十五日晉故豫章内史夏府君卒
嗚呼哀哉乾鑒育俊崇茲大猷景靈垂祐黃精協符濯
蹤浩素闡志元流熙光聖代邁勳九區哀彼造物殂命
不均既褒斯美㤅茲遐年祁祁搢紳泣涕流連故作斯
誄著之不泯其辭曰

於穆府君遠祖彌光功濟黎獻澤洽八荒披圖承禪襲化軒唐洪風既振退曜休煌越殷自周紹膺遺祉亮節三恪侯服千祀悠悠訖兹徽烈不已奕世本宏厥美是紀惟神降慶篤生府君玄祐秀朗揮景烟熅誕載豊美俊穎夙繁性與體和孝友穆融虔兹君親姻族睦崇情廣襃誘品物虛躬安仁復素接舊以沖澄鑒博映哲思惟文淪心衆妙洞志靈源探幽判疑沉欲炊分甄滯羣祕義猶一貫崇規邈世體道而盤瞻言先機蔚藻騰翰

處約由厚交順于顏文武未墜君惟克修百行殊揆君
望斯周棲義初九戢翼洪條瓊輝四灼景問綢繆在昔
我國元首載哲假寐俟旦思庸俊逸旃檢高麾體亦秩
秩儀刑柳惠庶績惟穆既穆其績英風彌卲天子有命
曾是在朝頻繁幃幄祇承皇曜神以測幽明以遠照目
難識夷觀嶮改蹈譬彼清鑒莫塵其操五紀迭御載隆
載傾南嶽頹鎮陰輝素靈瑾瑜遷寶投跡上京兆明未
緝皇聖攸嗟韋臨猗氏接被郇瑕道之以禮育之以和

齊俗拯弊民靡不嘉振我翰音洋鑠諸華明明皇儲叡

哲時招奮厥河濟矯足雲霄俄軒元闢徽英揚飈光灼

東朝髦士攸希媚茲一人示既翰飛委蛇華閣陟降太

微納言賛事淵裕徘徊習習和風惟穆惟宣亦曰武昌

厥俗允新我後有命爰授俊臣君子云顧義在安親東

文共武言撫舊京仰肅慈顏俯熙典刑移彼滯汙泮宮

時營衆否斯濟飛鵠莫聲春翹晞景振鷺在庭髙墉未

奮遭茲閔凶頻顦泣血三載以終哀響未欲臺命朝隆

厥命伊何俾守南裔匪曰是屯某託身虚巾車旣脂駕
言將逝彝倫惟清路逼其序君之于遠乃恢斯緒思彼
衆逸言尋厥楚暮瞻豐林晨看淵水濯奇以翹披途導
軌彼湘之東地嶮俗危明德審罰替幽崇儀嚴不式刑
仁扶物施威和咸振澤被遐畿皇道御世與民靡偏改
彼惠政濟此未均思一黙首濯溉義淵揖望皇命修翮
徊翔循彼江濆乃眷豫章觀風樹政德音允張洪化旣
攄禮樂克昌閑非秋厲惠淑春陽廣命俊乂惟弓與旍

丘園靡滯鸞驥憑軒豈方伊類挺髮躬勤震我聲教邁
嚮惟殷君化大揚自北而南君澤本沃河漢載咸慶輝
雲蔭溼潤川漸將配皇宿登景且瞻昊天不弔乃降玆
厲高祿朱融凶衆中燧寢疾彌留大命隕墜邦家不絕
沉哀結世嗚呼哀哉式玩遺美君實克明懷光暢幽晞
髮結清體德秉真審行居貞屈曳蹈機與世靡矜天命
棐諶唯仁則延任道委分亮曰斯然孰云府君不聞其
言永懷載愈憂心孔艱曰兄曰弟篤愛纏綿晞光繼軌

叅融鴻振令君何之背世遐湮同生樹膺號哀瘁身眇
眇孤微過庭曷遵天何忍斯于何之臻自君初邁旣夷
且榮令君反矣素旗垂銘雖光百辟託晷玄靈民慟于
顯神孤于寘物從人感轅馬失征飄風悼響潛魚仰驚
豐霄蹴陰衆羽徊鳴嗚呼哀哉瞻彼日月歲聿云夕寒
暑窮化四辰交錯日考三從案轡長薄藹矣轜軒脫駕
窀穸背榮孤世寧神大漠丘陵竦廕閟闥寥寥寤摽帷
哀心摧涕澈嗚呼哀哉咨予與君恩親之微蒙恤于昔

投纓瀾猗思周弱志永庇惠輝如何府君昭景長違顧言詠眷載傷載悲昔我經年逝彼川路進闕初奔退違陵墓仰瞻靈丘俯增永慕惻剝肝懷哀其曷厝嗚呼哀哉

陸士龍集卷五

欽定四庫全書

陸士龍集卷六

晉 陸雲 撰

頌贊文

登遐頌

夫死生存亡三理之已然者也而世有神仙登遐之言千歲不死之壽其詳固難得而精矣列仙之道作者既集而登遐未有焉莊周有言我試妄言之子試妄聽之

彼之有無蓋難以理求我之妄聽顧可以言寄之遂為頌云爾

郊間人　王子喬　玄洛　孔仲尼

九疑仙人　大勝山上女　李少君　梅福

張招　左元放　劉根　黃伯嚴

費長房　何女子　焦生　鮮卑務塵

韓衆　夷門子　林陽子　任作子

鬼谷子

淵哉郊間懷寶採薪媚茲伯陽常道是寅俯翼遊周攜
手入秦遺物執一妙世頤神思我玄流浩若無津
王喬淵嘿遂志潛輝遺形靈嶽顧景亡歸變彼有傳
與爾翩飛承雲儵忽飄飖紫微
玄洛妙識飢餌神穎在陰儵逝即陽無景逍遥北嶽凌
霄引領揮霧昊天合神自靖
仲尼大聖配天宏道風扇玄流思探神寶明發懷周興
言謨老靈魄有行言觀蒼昊清歌先試丹書有造

茫茫九疑登暉太素有漢登聞神具爾顧發彼靈丘聿
来載步貽我則歌永揚遐祚
大勝之娥厥猶翼翼降宫有和納符帝側揮杖指辰絶
音頽息茗茗玄猷在彼峻極
少君善祠怡爾豐顔俯覯劉漢仰接姜桓式宴安期巨
棗為餐神光攸往後來其嘆
在漢之衰頽火炎精梅公指景有皇遺形逝彼文辭胥
此洞庭神輝絶影豈外北寘

張抬澄精妙思玄芒則是神物錯綜徽章乃幽乃顯若存若亡因形則變倏忽無方

生在清純放情玄昧在物淵沉泝虛攸遂清洒一壺百朋具醉有命集止乘龍來萃載見君子言觀其蔚

劉根登嵩遺世盤桓形委服容口歔瓊蘭挹彼呼翕爲爾朝飡景絕巖穴光茂雲端

伯嚴志道飜飛自南北食中嶽練形嵩岑奔星凌顏朱光垂陰雲精九服握耀盈襟

長房有懷承師問道蒙險洪海晞心玄浩將登蓬萊祚爾難老嘉命既錫如何勿考

逝矣何女芳靈既彫安寢曾邱逝魂清霄喪魄載營大墓崇朝玉趾再步於馬逍遥

焦生卜居在河之東皓襟解帶嘉卉結容頤神大素淑思玄冲在彼黄堂明道固窮

北狄務塵在彼沙漠含神自頤靜居有恪自彼王庭聿來伊洛天子命之載見紫閣

衛矣終化靈毛揚葩慎爾貞心神祉來荷靡靡夷門體

道合真飡茹靈卉凌雲頤神

林陽餌車明視聰耳壯子既飡步睎千里任化凱入輕

雲揮止移形善變載坐載起

悠悠鬼谷永言潛止要終有集資生無始綢繆方平在

彼二子芬響蘭揮有來盈耳

盛德頌

余行經泗水高帝昔為亭長於此瞻望山川意有悵然

遂奏章以通情焉并爲之頌云爾

晉太子舍人冀土臣雲稽首再拜上書皇帝陛下臣雲頓首死罪伏惟陛下紹軒轅之廠哲越三代之高蹤膺有聖之玄景詠生民之上畧秦政肆虐漸豐生民在昔上帝乃眷多方肅雍寶命釐民顧天思文叡聖以宅神器六合焱駕八荒星錯企皇居於阿房猗逸鹿於九野謀猷回遹天人匪祚乃蔚斯國授漢于夜京是以先詔五緯章太素神母哀號㡳命丹野九垓闢授命之符鈞

天清建皇之鑒陛下螭蟠泗水龍躍下亭慶雲徘徊紫
塵熠爍皇威肇于斷蛇神武基于豐沛掩四維以蓋天
廓玄謨以闢宇華宮山藏玉堂海紬雲蓋景陰金門林
蔚拔足崇長揖之賓吐飡納獻規之客玄猷上通德輝
下濟仰翰雲禽俯躍魚魴是以四海之內莫不企景嶽
以接羣望廣川而鱗集乘山涉水視險若夷奔波闕廷
思効死節乃鳴鑾在衡奔驥服輅良平鳳栖信布虎據
豪雄淩暴於外奇謨補闕乎內威謀兼陳智勇畢効乃

凌河海河海無梁乃仆高山華嶽不重三秦席卷項籍灰分逋遁虜霧散遺寇雲徹泛之時雨以清天灑狂塵以肅地巒於川與涑峻益於蒼昊功濟宇宙德被羣生天人允嘉民神協愛歷數在身有命將集而陛下猶復允執髙讓成功靡有普天歸德羣后固請然後謁天皇於圜丘巡萬乘於帝室率土離暴秦之亂臣妾蒙有道之惠戎羌蠻夷之虞雕趾肅慎之國莫非帝臣巍巍蕩蕩蓋天臨地自啓闢以來有皇之美未有若聖功之普盛者

也臣雲頓首頓首死罪死罪臣以鄙倍文武無施忝竊
本朝承乏之下位而臣遘愍自西徂東行邁攸止路經泗
水伏見史臣班固撰録聖功竊承陛下扶桑始照天暉
未融之日嘗臨御此川於是即命舟人弭檝水沚瞻仰
山川舊物不替永惟聖輝罔識所憑遠眺邇矚企感物興
哀終懷靡及俯心遐慕臣命違千載之運身生四百之
外恨不得役力聖明之鑒寓目風塵之會揮戈前隊待
罪下軍抽鋒咸陽之闕提鉞項籍之領痛心自悼不知

所裁行役之臣牽制朝憲雖懷彷徨王事靡監肅將言邁實銜罔極臣聞遊䰟變化神道無方雖聖靈登遐降陟在天連光五精流輝太一或冀神輿降覲薄猗五服時邁玉輅言巡兹邑是以下臣仰瞻紫宫俯要恍惚愚情振蕩靡審所如不勝延頸紫微結心閶闔之情謹住水濵拜章陳愚臣雲誠惶誠恐頓首頓首死罪死罪臣稽首以聞臣雲言臣聞歌詠所以宣成功之烈詩頌所以美盛德之容是以聞其聲則重華之道彌新存其操

則文王之容可覩永惟陛下聖德豐化比隆前代元勳
茂功超蹤在昔故詩歌之所依詠金石之所揄揚者也
臣謹上盛德頌一篇雖不足以仰度天高伏測地厚貴
獻狂失區區之情臣雲云云晉太子舍人臣陸雲上於
皇漢祖纂胄有唐平章在昔文思百王丹輝栖列火精
幽光爰茲聖緒穨維弛綱靈曜熠爍隮景扶桑則天未
墜重規旻蒼其規伊何横乾作峻厥德不回矩地能順
憑河拓景襄岳殷韻龍章景偉虎質碩變有秦不競閏

極黙首震驚予思思虔神主上帝曰咨天鑒有赫乃眷
伊漢此惟予宅明明聖皇既受帝祉雲騰下邑風駭泗
水仰鏡天文五緯同晷俯察雲符神母爰止思文聖王
克廣克遐威凌羣傑徳潤諸華爰祀天人天人攸嘉爰
輯蒸徒所和既和既和既順乃矢徳音豐沛之旅其會
如林朱旗虹超彤旆電尋推師蕭曹撫劒高吟元戎薄
伐時罔不龕凌波川潰肆野陸沉咸陽克殄既傺秦后
峩峩阿房乃清帝宇穆穆聖皇天保攸定有項畔渙不

武王命率由既徳黜我西土於鑠王師遵時匪怒爰赫乘舋
席卷三夏嘽嘽戎軒蟜蟜乘馬變伐强楚至於垓下天
誅溥曜暴籍授首區夏既混宇宙蒙乂肅肅帝居巍巍
神器有皇于登是臨天位繡文于裳組華于黻明明天
子有穆其容至止鏘鏘相惟辟公宣聲路寢發號紫宮
頌此愷悌以畜萬邦思樂皇慶協于時雍琴瑟在御大
予舞功越裳委贄肅慎來王明明聖皇闡國乘制分圭
胙勞河山命誓禮律克彰典文垂藝有漢恢恢疏罔不

替聖功克明九方孔安良宰内幹武臣外閑漸澤冀域沾被戎蠻連光太素萬載不刊

祖考頌

雲之世族承黄虞之苗緒裔靈根之遺芳用能枝播千條穎振萬葉繁衍固於三代饗祀存乎百世豈非皇慶之積祐神明之殷祥者哉在周之衰有嬀之後將育於姜而貞龜發鳴鳳之兆周史表觀國之繇故能光宇營丘奄有東海支庶蕃廡而胥祚昌大矣遭世多難子孫

蕩析逐于南土烈祖丞相邵侯顯考大司馬武侯明德叡哲才雄特秀固上天所以繼跡前期惠成顧者也是以有吳雲興而邵侯龍見遂風騰海竭電斷荊楚運籌制勝底定經畧文德光宣武功四克乃作台衡以御于王政天罔與先代比隆義問與前修接響固所謂汪洋浩浩不世出者哉武侯以光遠之度襲重規之範宣朗之明照曾暉之景故寅亮樞極則萬物淳曜緝熙有邦而宇內恪居及至中葉亂曰虎臣綴援既集而大難時

弭德濟封域之内威揚函夏之表遊仍世作宰焜曜祖業車實襲軌衮不改帶元勲昺於光國洪烈著於隆家考德計功比之前代未有茂於此者也是以小子敢慕徽猷欽述芳烈雖不足以當朱弦之一唱發清廟之三歎葢爾臣子之遺恩罔極之所處也乃作頌曰

悠悠聖緒上帝是臨世篤其猷于顯徽音神風往播福禄來尋靈根既茂萬葉垂林繁盛海堨穎寧漢陰既日寧止芳祐允淑乃步斯淳降神有陸赫矣二公應期載

育明明邵侯允哲允謀叡心昭德淑問宣猷如日之升
如川之至炎精旣頹黄揮易煥光宅海邦大造江漢王
于出征二公斯難長驅致屆九有有判咸黜凶醜區域
寧晏天祿未終大命有集卜食東夏元龜旣襲聿来故
宮作蕃舊邑公徒斯振帝旅凱入於變時雍神道經始
肅肅九命永言徽止公拜稽首對敭天子猗歟盛歟邵
侯有作我考纂戎爰究爰度逺除尋軌崇基式廓昭明
有家祖廟奕奕中葉虎臣稱亂西秦靈旆電揮代鼓霆

震會朝哀舉征不浹辰遐風遠埽萬里無塵有族斯祐
僉功在兹衮衣之宜遂作上司台光增朗方險載夷穆
矣暉章有吳之旗我祖我考受言藏之昱昱藻裳再命
同服騑騑四牡二世方轂分珪比瑞天秩底禄公堂睃
趾華構重屋昔在二伊于殷有聲在漢之興亦曰韋平
惟祖惟考履貞大亨邈彼披陽追蹤阿衡駿惠雨施景
潤雲行洋洋玄化功濟其民風馳海表光被嶽濱二后
重規世有哲人肅雍碩響萬載是振

張二侯頌

張氏之先蓋少昊氏之苗裔也其在春秋晉德方休而張老延譽爰暨有漢文成佐命初基司空揚聲於末葉流長祚遠世不乏侯輔吳將軍文侯遭季末雲擾遂避難於東有吳之興實為謀主桓即世援建太祖知命審於將萌先識鏡于未兆遂作上將輔成王業立朝無不易之方正色有犯顏之亮固所謂謇謇王臣古之遺直者也奮威將軍定侯明德光遠軌量宏濟文明足以華

國威畧足以振衆重規繼體而大業暉崇故休祚頻繁寵
靈仍世天秩之體彌彰而毀盈之心茲沖用能保寵固
世考終碩問益竹帛之所光宣詠歌之揄揚也乃作頌
曰
烈文遠祖肇自上皇金天淳曜遂濟窮桑真人有作飛
龍在天留侯載見階雲自淵即謀神造啓運妙玄有漢
再命度邑于東其在中葉誕育司空邈矣唐陵有恭斯
肅寧行盈止世篤天禄神之聽思俾我戩穀繁過芳祐

底之洪族洪族即邑再惠音徽於穆二侯仍世雙飛堂堂輔吳抑抑奮威如龍之躍如鳳之揮薄言戾止在彼紫微金卯紛若四海畔渙文侯乃顧妙世達觀逝彼塗方度兹江漢鳴飛遵海聿來有亂遭家不造殲我明聖桓后肇揚侯承末命皇大烝哉天保未定匪侯卬度宗緒孰正帝整我旅外薄四荒命作惟師時惟鷹揚遂登上將亮彼大皇底邑胙土命珪有璋蹇蹇我侯明發宿夜襲彼遺直興言有譽聿懷來忠王室之故犄歟定侯

祇服清曜奕奕瓊範玉潤淑貌淵謂往藏朗思來照曾
是徽章再世被荷庸勲開國明道隆家苾苾其芬淑問
揚和有蔚其文如林之華皇矣帝祚受言旣崇女有行
作條合儲宫延延紫極穎行皇寧亹亹定侯在盈思冲
祇寵戒溢永懷慎終重光並曜播我芳風

榮啓期讚

榮啓期者周時人也值衰世之季末當王道頹凌遂隱
居窮處遺物求已泝懷玄妙之門求意希微之域天子

不得而臣諸侯不得而友行年九十被裘鼓琴而歌孔子過之問曰先生何樂答曰吾樂甚多天生萬物唯人為貴吾得為人矣是一樂也以男為貴吾又得為男是二樂也或皆不免於襁褓而吾行年九十是三樂也夫貧者士之常也死固命之終也居常待終當何憂乎孔子聽其音為之三日悲常被裘帶索行吟於路曰吾著裘者何求帶索者何索遂放志一丘滅景榛藪居真思樂之林利涉忘憂之沼以卒其天年榮華溢世不足以盈

其心萬物無陳不足以易其樂絶景雲霄之表志滙北溟之津豈非天真至素體正含和者哉友人有圖其象者命為之讚其辭曰

芒芒至道天啓德心自昔逸民遁志山林邈矣先生如龍之潛或明收察滅跡在陰傲世求已遺物自欽景邈瓊煇響和絶音戀彼丘園研道之微思樂寒泉濤采春蘂鳴弦清泛撫節高徽有聖戾止永言傷悲天造草昧貞道實嘉於鑠先生旣體斯和能羆作祥黄髪皤皤耽

此三樂遺彼世華翼翼彼路行吟以遊的的黻冕陋我
輕裘永脱亂世受言一丘媚兹常道聊以忘憂

嘲褚常侍文

六年正月以臨川府丞褚為常侍君子謂吳於是乎能官人官人國之所廢興也古之興王惟賢是與呂望漁釣而周王枉駕甯戚叩角而齊王忘寐委斯徒而靡好爵釋短褐而服龍章姬姜之族非無人也親昵之愛非無懷也取彼庸賤之徒登之佐臣之列故九賢翼世而

有命既集五子佐時匡霸以濟夫唯能官人之所由也
諸氏大夫之常佐遠邦之賤司才則卲矣官實陋矣而
拔出羣萃超昇階闥雖文王登師桓公取佐亦何以加
之詩曰濟濟多士文王以寧言官人得才也諸常侍閒
之喜曰君子之言豈虛也哉吾得此足矣君子謂諸常
侍於是乎不謙謙也者致敬以存其位者也謙之不存
德無柄矣世之治也君子自以為不足故撙節以求役
於禮敬讓以求安於仁世之亂也在位者自以為有餘

故爵豐而求更厚位隆而欲復廣世之治教恒由此作
今諸侯蟬蛻利木鵠鳴玉堂不庶幾夙夜允集衆譽而
意充於一善心盈於自足足則無求盈則無戒不求則
善遠之無戒則惡來之亦何以為君子哉詩云戰戰兢
兢如臨深淵慎之至也賭常侍聞是言也懼謂之昌言
也而拜之君子曰賭侯其幾矣聞善而喜過又應之懼
嘉服義之賢而拜讜言之辱規同禹迹義均罪己君子
哉吳無君子斯焉取斯

牛責季友文

天造草昧萬物化淳類族殊品莫同乎人令子屨方象以矩地戴圓規以儀天該芳靈之疑素挺協氣於皓玄故神窮來契思洞無間踊翰則憤凌洪波吐辭則辨解連環子何不絶淵而躍照日之光使穎秀暘谷景溢扶桑俯經見龍之輝仰集天人之堂雖子之服既未而素令予之滯年時云暮而冕不易物車不改度子何不使玄貂左弭華蟬右顧令牛朝服青軒夕駕軺輅望紫微

而風行踐蘭塗而安步而崎嶇隴坂息駕郊牧玉容含
楚孤牛在疾何子崇道與德而遺貴與富之甚哉日月
逝矣歲聿其暮嗟呼季友盛時可惜追良期於風柔競
悲飈於葉落陳讜言於洪範圖形於霄閣使景絶而音
流芬身荐而榮赫奕子如不能建功以及時予請迹於
桃林之薄

陸士龍集卷六

欽定四庫全書

陸士龍集卷七

晉 陸雲 撰

騷

九愍

昔屈原放逐而離騷之辭興自今及古文雅之士莫不以其情而玩其辭而表意焉遂廁作者之末而述九愍

啇皇聖之豐祐膺萬乘之多福真龍暉以底載啓元辰

而誕育考度中以錫命端嘉令而自肅蘭情馥以芬香
瓊懷皎其如玉希千載以遥想昶遠思而自怡範方地
而式矩儀穹天而承規結丹款於璇璣協朱誠於四時
洛中心之信修佩日月以為旗悲年歲之晚暮殉脩名
而競心仰敷華之耿暉詠三辟之遐音握遺芳而自玩
挹浩露於蘭林陰雲紛以興靄飈風起而回波黨朋淫
以惡美疾傾宮之楊娥樹椒蘭於瑶圃掩夜光於瓊華
遘貞心以誰忒毀玉質而蒙瑕甘秀言而棄予忽遐放

其若遺瞻前軌而我先顧後乘而駕遅遵荒塗而伏軾

撫鳴鸞而稱悲感瞻烏之有集嗟雛鷇之焉歸靜沉思

以自瘁顧凌雲而高飛

修身

逢天怒而離紛遘時咎於惟塵端周誠以恪居祇後命

而自寅悲讒口之罔極高離情於參辰豈三錫之又晞

乃裔予於遐賓運羽櫂以涉江浮鄂渚而駕言背夏首

以窘逝兮泝行川而永歎結風回而薄水兮源波縈而

重瀾情懷眷以疊結舟淹流而中盤袒愁心以自邁肅榜人而曾驅詔河馮以清川命湘娥而安流濟南詔以佇望野蕭條而振疇獸悲號以命旅鳥枉顧而鳴仇悲我行之悠悠怨同懷之莫求發辰陽而往彼緣湘沅而來假亦芳樹於縣車秣粱苗於樊馬山嵩高以藏景雲晻靄而荒野鳥拊翼於甍巔水回波於宇下指明星以脉路景即陰而無旅隨長川以問津響修聲而和子聽歸音以自閭践無迹以窮處雖遘慼之既多亦顛沛其

何侮仰衆芳之遺情希絶風之延佇亂曰有烏飜飛集江湘兮彼美一人莫予將兮念茲涉江懷故鄉兮生日何短感日長兮顧我愁景惟永揚兮

涉江

積沉毒兮縈結于苦心魂憑虛以飄蕩形息景於重陰虎鳴飇以拂谷螭回雲而結林操土音以懷郢滯頻代而盈襟辭終古之舊墟託茲邦而遥集望龍門而屢顧攀惟桑而祇泣悲惠風之難狀振枯形而獨立撫彫容之日頹

怊炯思而弗及聞先黎之達教固積善於遺慶晞明休而受言想介福之保定靡心貞以祇服洊大順而委命君在初之嘉惠每成言而永日怨谷風之攸歎爾九齡而未徹願自獻於承間悲黨人之造膝舒幽情其曷訴眷永懷而淹恤嗟哲士之足歎傷邦家之殄瘁痛靈脩之匪懷頼九成於一匱忘大寶之勿假輕挈瓶之守器仰翦翮於凌霄俯歸飛於增罻毀方城於秦川投江漢於泥渭悲彼黍之在郢悼宗楚之莫龥撫傷心以告哀

將斯情之孰慰

悲郢

登高山以遐望悲悠處之淹流豈大川之難濟悲利涉之莫由申修誠以底節反内鑒而自求考余心其焉可往稽度於神謀訪斯言以卜居想貞龜以告猷將矯翼而塗險思振清而世濁羌糈粢而評子諒不疑其何卜朝彈冠以晞髮夕振裳而濯足有懷沙以赴淵無抱素而蒙辱愁纏綿以宅心長歎息而飲淚涉江潭以彷徉

頻行吟而含辭遇漁父之庚止興讜言而來憩雖懷芳
而握瑜懼惟塵之我穢顧虛景而端形矧同波于其醉
迨伊人之逍遥聊仰葉於林側懷達心以遠寤怡哀顔
而表色仰班荆之遺情想嘉訊而良食若有言而未吐
忽棄予而凌波揮龍榜以鼓汰遺芬響而清歌俟滄浪
之濯纓悲余壽之幾何愧褊心之歎渝恨爾謁之莫和
捐江魚之言志營玄寢於汨羅苟懷忠而死節豈有生
之足嘉

行吟

悲怨思之多感情惆悵而遠慕世元黃而既渝心居貞而抱素冀斯氣之一清要佳人於天路考年載以遅之悲歲聿之已暮攬豐草於朝日思先晞於湛露規法圓而天象矩則方於地形祇信順以自範邀式穀於神聽悲登魂之無抗訊貞夢而遻靈悔相道而懷顧悲實蕃之已盈頑椒丘而息駕振初服而翱翔結瓊絓之芳襟襲淩華之藻裳懷瑤林之珍秀握蘭野之芳香命巫咸

以啓期訪百神而考祥靖永言以聽命欽靈許而肅邁振華冕之玉藻樹象軒之高蓋猝假翼以鳴和電揮景而縈旆芳塵穆以煙熅彤雲起而深藹遊八極以大觀解飛轡以長想將結軌而世狹願援揖而川廣雖我服之方壯思振策其安往舒遠懷以弭節褰世羅於天網

亂曰猗猗芳草殖山阿兮朝日来照發豐華兮秋風蕭瑟凝霜加兮傾葉懷春猶俟河兮

紆思

徧周流而無過悲窮思之永久聽幽荒而罔詔眷寥廓而無友泯流液于繩樞逝回飈于甕牖呼寂寞而靡應攬虛無其何有神悠悠而永念憂綢繆而盈室哀惻心而響起時棄子而景逸招逝運其難徽儀遺範而無律雖芳林之將焚豈蘭響之可謐晞馥風於曠野思同芬而靡質命險太其靡常道離隆而匪易紆幽情而思古援在昔而立辟俟重華以同遊悲瑤圃之難適舟登陸其焉濟輪涉淵而無迹悲荒塗之既舛臨遵渚而投策欲隨波以周流恨匪

石之難頽將從風而卷舒悲宜矢之辭懷貞郎志而玉折厲勁心而蘭摧喟我懷以寤歎闚前鑒而自融忠與邪其莫可豈余命之所窮俯投迹而世汙仰晞志而道隆恥蒙垢於同塵思振揮於别風明爽心以畢志考吾道以自終

考志

天機偏其挻埴玉衡運而回襄景彌修而日短時愈促而夜長和音變而改律乘風草而爲商感秋林之夙暮

悲芳草之中霜存攸忽而風過逝揮霍而雲散方輕焱
而炯遲比收電而景宴將愉樂以夙興迨良日於昧旦
痛予生之不辰逢此世之多難將藹藹而未颺世渾渾
其難澄風頹山以離谷波平淵而爲陵道曠世而朴散
化固滯而物凝悵輶德以莫舉悲民鮮之孰勝景昭明
以妙見音振響而攄闢金淬堅以示斷芭靡質而效芬
罄貞規以殉節反蒙謫于明羣咨小心以惴惴悲江草
之芸芸亂曰亂雲晻藹天明息兮增羅重設鳳矯翼兮

梧桐逝矣樹榛棘兮思我芳林喟嘆息兮

感逝

哀時命之險薄懷斯類以結憂手拊膺而永歎形顧影而長愁生遺年而有盡居靜言具何須將輕舉以遠覽眇天路而高遊結垂雲之翠虬駕琬琰之玉輿揮采旄以煙指靡華旌而電舒命日月以清天吾將遊乎九閡命屏翳以夕降或飛廉以朝興塗蒙雨而後清景員暉而先登陪湘妃于彤軺列漢女以後乘瓊娥起而清嘯

神風穆其来應騑憑雲而嚮駭駗嘘天而景凌望紫微以振策珊太階而遂升飛芝蓋之翼翼回雲車之轔轔朝總轡於扶桑夕飲馬於天津伐河鼓以解徽迄崑崙而凱振軌凌虚而遺迹塵蒙飈而絕輪豈遠游之無樂懷故都而傷情靡龍首以還顧轉瑶衡而回縈泝凱風以流盼悲舊邦之穢傾眷南雲以興悲蒙東南而涕零凌百川而絕蹈仰濯髮于崢嶸豈沉痺之足弭將蟬蜕于長生

征闕

痛世路之隘狹詠遂古而長悲鏡端形于三接照直影
于太徽祇中懷以春慕豈鑒寐而忘歸悼天朝之遂晦
搆貝錦于繁文侈南箕以鼓物譖青陽而播芬迹同塵
而攘絶景和光而天分俯隕息于縈波仰頽歎而崩雲
折若華以翳日時靡靡而難停飡秋菊以却老年冉冉
其既盈欲假翼以天飛怨曾飈之我輕思戢鱗以遁治
悲沉網之在淵有河清而志得挫千載之長年擠哀響

於頽風寓悲音於絶弦嗟有生之必死固逸我以自休
彼達人之遺物甘褰裳而赴流矧余情之沉毒資有生
以速憂悼居世其何感固形存其爲尤想百年之促期
悲樂少而難多修與短其足玄曷久沉於泊羅投瀾漪
而負石涉清湘以懷沙臨恒流而自墜蒙濬壑之隆波
接申胥於南江闕　鼓晁雲以擕手仰接景
而登遐

闕題

闕

陸士龍集卷七

陸士龍集卷八

晉 陸雲 撰

書

與平原書

一日案行幷視曹公器物牀薦席具寒夏被七枚介幘如吳幘平天冠遠遊冠具在嚴器方七八寸高四寸餘中無鬲如吳小人嚴具狀刷膩處尚可識疏枇剔齒纖

縰皆在拭目黄絮二在垢垢黑目淚所沾污手衣卧籠挽蒲棋局書箱亦在奏案大小五枚書車又作歧案以卧視書扇如吴扇要扇亦在書箱想兄識彦高書籍甚似之筆亦如吴筆硯亦爾書刀五枚琉璃筆一枚所希聞景初三年七月劉婕妤析之見此期復使人悵然有感處器物皆素今送鄴宫大尺間數前已白其繐帳及望墓田處是清河時臺上諸奇變無方常欲問曹公使賊得上臺而公但以變譎因旋避之若焚臺當云何此

公似亦不能止文昌殿北有閣道去殿文内中在東殿東便屬陳留王内不可得見也

一日三上臺曹公藏石墨數十萬斤云燒此消復可用然煙中人不知兄頗見之不今送二螺省曹公遺事天下多意長才乃當爾作獘屋向百年于今正平夷塘乃不可得壞使以斧斫之耳爾定以知吏稱其職民安其業也

雲再拜前省皇甫士安高士傳復作逸民賦今復送之

如欲報稱久不作文多不悦澤兄為小潤色之可成佳
物願必留思四言五言非所長頗能作賦為欲作十篇
許小者以為一分生於愁思遂復文誨欲得雲論間在
郡紛紛有所鈎定言語流行斷絶欲更定之而了不可
以思慮令自好醜不可視想冬下體中佳能定之耳兄
文章已自行天下多少無所在且用思困人亦不事復
及以此自勞役閒居恐復不能不願當日消息謹啓
雲再拜祠堂頌已得省兄文不復稍論常佳然了不見

出語意謂非兄文之休者前後讀兄文一再過便上口
語省此文雖未大精然了無所識然此文甚自難事同
又相似益不古皆新綺用此已自為洋洋耳答少明詩
亦未為妙省之如不悲苦無惻然傷心言今重復精之一
日見正叔與兄讀古五言詩此生歎息欲得之謹啓
雲再拜二祖頌甚為高偉雲作雖時有一佳語見兄作
又欲成貧儉家無緣當致兄此謙辭又雲亦復不以尚
自退耳然意故復謂之微多民不輟歎一句謂可省武

烈未得有吳説桓王之事而云建其孤恐大祖不得為桓王之孫雲前作此頌及信以白兄作遊仙詩故自能劉氏頌極佳但無出言耳二頌不減復過所望如此已欲解此公之半歲暮賦甚欲成之而不可自用得此百數十字令送不知於諸賦者不罷少不想少佳成當送到洛陳琳大荒甚極自雲作必過之想終能自果耳謹啓

雲再拜兵真㓂事生來初不見習頂覯之正自使人意

惡羊腸轉時極佳問人皆不解何以作此轉雖云欲相泄恐此正自取好耳說之不能工願兄試一說之張義元答員淵之回流崑崙吐河不體正自似急水中山石間是人謂回縛者但言之辭不工耳不知此中語於諸賦中何如頃曰極匆匆病一十當出略通曰在馬上此不可諾又恐信不及兄令以因休祖致又力作無錫書極無賴甚不備具如是更白問於中

雲再拜爾乃使熊羆之士虓闞之將雄聲泉踊逸氣風

亮起三軍以奔厲賈餘勇以成壯兆洪音於寂寞先無聲而高唱元兵時紛若屯雲煥若積波授教斯謐靜言勿譁嚴鼓隱其雲飛萬夫翕而咸和治安步以止立應金奏而靡戈進總干以乘言退揮旅而星羅禮既畢歸旅將振尋縈員轉因瀨益旋若疾流之繞駿沉驚飈之靡狂塵羊腸轉時命屏翳以夕降式飛廉而朝興滌蒙雨而後清景帶天而先澄陪畯臣於彫輅列名僚於後乘猛將起而虎嘯商風肅其來應士憑勢而響駭馬噓

天而景凌

雲再拜省諸賦皆有高言絶典不可復言頃有事復不

大快凡得再三視耳其未精倉卒未能為之次第省述

思賦流深情至言實為清妙恐故復未得為兄賦之最

兄文自為雄非累日精扳卒不可得言文賦甚有辭綺

語頗多文適多體便欲不清不審兄呼爾不詠德頌甚

復盡美省之惻然扇賦腹中念首尾發頭一而不快言

烏云龍見如有不體感逝賦愈前恐故當小不然一至不

復滅漏賦可謂清工兄頓作爾多文而新奇乃爾真令人怖不當復道作文謹啓

雲再拜祠堂賛甚已盡美不與昔同既此不容多說又皆一事非兄亦不可得見弔少明殊復勝前弔蔡君清妙不可言漢功臣頌甚美恐弔蔡君故當為最使雲作文好惡為當又可成耳至於定兄文唯兄亦愍其無遺情而不自盡耳丞相賛云披結散紛辭中原不清利兄已自作銘此但頌實事耳亦謂可如兄意真說事而已

若當復屬文於引便當書前銘耳謹啓

雲再拜誨欲定吳書雲昔嘗已商之兄此真不朽事恐不與十分好書同是出千載事兄作必自與昔人相去辯亡則已是過秦對事求當可得耳陳壽吳書有魏賜九錫文及分天下文吳書不載又有嚴陸諸君傳今當寫送兄體中佳者可並思諸應作傳及作引甚卑常欲引之未得兄所作引甚好雲方欲更作引述思賦黨自竭厲然雲意皆已盡不知本復何言方當積思思有利

鈍如兄所賦恐不可須願兄且以伯聲兄弟前日觀習先欲作講武賦因欲遠言大體欲獻之大將軍才不便作大文得少許家語不知此可出不故鈔以白兄若兄意謂此可成者欲試成之大文難作庶可以為關雎之見微謹啓

雲再拜往日論文先辭而後情尚絜而不取悦澤嘗憶兄道張公文子論文實自欲得今日便欲宗其言兄文章之高遠絶異不可復稱言然猶皆欲微多但清新相

接不以此為病耳若復令小者恐其妙欲不見可復稱極
不審兄由以為爾不茂曹碑皆自是蔡氏碑之上者比視
蔡氏數十碑殊多不及言亦自清美愚以無疑不存三
祖賛不可聞武帝賛如欲管管流澤有以常相稱美如
不史願更視之小跛幾而悅奕為盡理雲令意視文乃
好清省欲無以尚意之至此乃出自然張公在者必罷
必復以此見調不知九愍不多不當小減九悲九愁連
日鈔除所去甚多才本不精正自極此願兄小為之定

一字兩字出之便欲得進望不言謹啓
雲再拜仲宣文如兄言實得張公力如子桓書亦自不乃重之兄詩多勝其思親耳登樓賦無乃煩感丘其弔夷齊辭不為偉兄二弔自美之但其呵二子小工正當以此言為高文耳文中有於是爾乃於轉句誠佳然得不用之益快有故不如無又於文句中自可不用之便少亦常云四言轉句以四句為佳往曾以兄七羡回煩手而沉哀結上兩句為孤今更視定自有不應用時期

當爾復以為不快故前多有所去喜霽俯頌習均弔誠
重離此下重得如此語為佳思不得其韻願兄為益之
謹啓
雲再拜嘗聞湯仲歎九歌昔讀楚辭意不大愛之頃日
視之實自清絕滔滔故自是識者古今來為如此種文
乜為宗矣視九章時有善語大類是穢文不難舉意視
九歌便自歸謝絕思兄常欲其作詩文獨未作此曹語
若消息小往願兄可試作之兄復不作者恐此文獨單

行千載間常謂此曹語不好視九歌正自可歎息王褒作九懷亦極佳恐猶自繼真玄盛稱九辯意甚不愛

雲再拜頃得張公封禪事平平目不及李氏其文無比恐非其所作欲見此公劉氏世頌有信願付雲頃又為輔吳奮威作頌欲愈前頌然意並不以快遣信當送九愍三賦脫然謂可舉意假彼頌便有怯處想無又間便可耳大類不便作四言五言謹啓

雲再拜誨二賦佳久不復作文又不復視文章都自無

次第文章既自可羨且解愁忘憂但作之不工煩勞而
棄力故久絶意耳在此悲思視書不能解前作二篇後
爲復欲有所作以慰小思慮便大頓極不知何以乃爾前
登城門意有懷作登臺賦極未能成而崔君苗作之聊
復成前意不能令佳而羸瘁累日猶云愈前二賦不審
兄平之云何願小有損益一字兩字不敢望多音楚願
兄便定之兄音與獻彦之屬皆願仲宣須賦獻與服槃
張公語雲云兄文故自楚須作文爲思昔所識文乃視

兄作誄又令結使說音耳兄所撰願且可付之此有書者更校善書送信還望之謹啓
雲再拜疏成高作未得去省登遐傳因作登遐頌須臾便成視之復謂可行令並送之尚未定利及此信令更有何所損益後八人了無事合會之才得二篇耳索度是淫鬼無緣在此中故不可作頌愁邑忽欲復作文臨時輒自云佳小久報不能視為此故息意文欲定前於用功夫大小文隨了為以解愁作爾令視所作不謂乃

極更不自信恐年時間復捐棄之徒自困苦爾兄小加
潤色便欲可出極不若作文但無新奇而體力甚困瘁
耳謹索幼安在此令之草令住一弘不呼作工謹啓
雲再拜誨頌兄乃以為佳甚以自慰文章當貴經綺如
謂後頌語如漂漂故謂如小勝耳九愍如兄所誨亦殊
過望雲意自謂當不如三賦情難非體中所長欲偏周
流雲意亦謂為佳耳然不云其愈於與漁父吾今多少
有所定及所欲去留粗爾令送本往不審能勝故不意

亦殊未以為了南去轉遠洛中匆匆少暇願兄勅所遣留為當爾可須來不佳思慮益處未能補所欲去徹與察皆不與日韻思惟不能得願賜此一字雲作丈如兄所論已過所望況乃當敢令兄有張蔡之懷得此乃懷怖也謹啓

雲再拜誨歲暮如兄如所誨雲意亦如前啓情言深至述恩自難希每憶常侍自論文為當復自力耳雲意呼發頭但當小不如復耳兄乃不好者試當更思之所誨

雲文所比愁霖喜霽之徒實有可爾者登樓名高恐未可越爾楊四公黃胡頌恐此不得見比聞兄此誨若有喜懼交集祖德頌無大諫語耳然靡靡清工用辭緯澤亦未易恐兄未熟視之耳兄文方當日多但文實無貴於為多多而如兄文者人不饜其多也屢視諸故時文皆有恨文體成爾然新聲故自難復過九悲多好語可耽詠但小不韻耳皆已行天下天下人歸高如此亦可不復更耳兄作大賦必好意精時故願兄作數大文近

日視子安賦亦對之歎息絶工矣兄誨又爾故自是高手謹啓

雲再拜蔡氏所長唯銘頌耳銘之善者亦復數篇其餘平平耳兄詩賦自與絶域不當稍與比校張公昔亦云兄新聲多之不同也典當故為未及彥藏亦云爾又古今兄文所未得與校者亦惟兄所道數都賦耳其餘雖有小勝負大都自皆為雌耳張公父子亦語雲兄文過子安子安諸兄賦復不皆過其便可可不與供論雲謂

兄作二京必得無疑久勸兄兄爲耳又思三都世人已
作是語觸類長之能事可見幽通賔戲之徒自難作賔
戲客語可爲耳答之甚未易東方士所不得全其髙名
頗有答極謹啓
雲再拜誨九慜如所勑此自未定然雲意自謂故當是
近所作上近者意又謂其與漁父相見以下盡篇爲佳
謂兄必許此條而淵弦意呼作脱可行耳至兄惟以此
爲快不知雲論文何以當與兄意作如此異此是情文

但本少情而頗能作氾說耳又見作九者多不祖宗原意而自作一家說唯兄說與漁父相見又不大委曲盡其意雲以原流放唯見此一人當為致其義深自謂佳願兄可試更視與漁父相見時語亦無他異附情而言恐此故勝淵弦兄意所謂不善願疏勑其處緒亦欲成之令出意莫更感如惡所在以兄文雲猶時有所能得言雲前後所作謹啓

雲再拜誨前二賦佳視之行已復不如初昔文自無可

成藏之甚密而為復漏顯世欲為益者豈有謂之不善
而不為懷此不成意想兄必當懷之耳有作文唯尚多
而家多豬羊之徒作蟬賦二千餘言隱士賦三千餘言
既無藻偉體都自不似事文章實自不當多古今之能
為新聲絕曲者又不過兄兄往日文雖多瓌鑠至於文
體實不如今日間在洛有所視已當赦而此更隆以今
意觀文見此真更以為不盡善文罷云故日向人歎兄
丈人終來同殆以此為病張公文無他異正自情省無

煩長作文正爾自復佳兄文章已顯一世亦不足復多
自困苦適欲白兄可因令清靜盡定昔日文但當鈎除
差易為功力誨已定敬長詠意當闇與兄合雲久絕音
於文章由前日見教之後而作文解愁聊復作數篇為
復欲有所為以忘憂貧家佳物便欲盡但有錢穀復羞
出之而體中殊不可以思慮腹立滿背便熟亦試可悲
閒視大荒傳欲作大荒賦既自難工又是大賦恐交自困
絕異往經比干墓悵然欲弔之無又即意又事業

雲再拜張公藏誄自過五言詩耳但雲自不便五言詩
由已而言耳玄泰誄自不及士祚誄兄丞相箴小多不
如女史清約耳恐兄無緣思於此意猶云何而兄乃有
高倫更復無意雲故曰不作文而常少張公文令所作
兄輒復云過之得作此公輩便可斐然有所謝故自為
不及諸碑藏輩甚極不足與校歌亦平平彼見人讚叙
者當與令伯倫吳百官次第公卿名伯略盡識少交當
具頃作頌及吳事有愴然且公傳未成諸人所作多不

盡理兄作之公私並敘且又非常業從雲兄來作之令略已成甚復可借事少功夫亦易耳猶可得五十卷謹啓義高家事正當付令文耳弟彦長昔作吳事云三十卷可令欽求謹啓

雲再拜吳書是大業既可垂不朽且非兄述此一國事遂亦失兄諸列人皆是名士不知姚公足爲作傳不可著儒林中耳不大識唐子正事愚謂常侍便可連於尚書傳下書定自難雲少作書至今不能令用日見其不

易前數卷為時有佳語近來意亦殊已莫莫猶當一定之恐不全此七卷無意復望增欲作文章六七紙卷十分可令皆如今所作輩為復差徒爾文章誠不用多苟卷必佳便謂此為足令已見向四卷比五十可得成但恐胸中成癥爾恐兄胸疾必述作人故計兄凡着此之自損胸中無緣不病作書猶差易讚叙亦復無幾年歳根之猶當小復謹啓

雲再拜一日會公大欽欣命坐者皆賦諸詩了不作備

此日又病極得思惟立草復不為乃倉卒退還猶復多
少有所定猶不副意與須雖同體然佳不如須不解此
意可以王弘遠去當祖道似當復作詩構作此一篇至
積思復欲不如前倉卒時不知為可存録不諸詩未出
別寫送弘遠詩極佳中静作亦佳張魏郡作急救詩公
甚笑燕王亦似不復祖道弘遠已作為存耳兄園蔡詩
清工然猶復非兄詩妙者雲詩亦唯為彼一語如佳先
已先得便自委頓欲更作之昔如已身先此篇詩了不

復倆佛識有此語此語於常言為佳謹啓

雲再拜久不復作文了無復次第真元昔屢聞周侯至論前比霖雨此不人亦作愁霖賦好醜見教又因人見督自愁慘又了無復意此家勤勤難違之亦復毒此雨憂邑聊作之因以言哀思又作喜霽今送雲作為易得耳窮不好故都絶意此間人呼作者皆休故不得有所送不審此何成已出之故為存不棄耳謹啓

雲再拜一日視伯喈祖德頌亦以述作宜褒揚祖考為

先聊復作此頌令送之願兄為損益之欲令省而正自
輒多欲無可如省碑文通大悦愉有似賦愚謂小復質
之為佳前作此頌書之行欲遣信以白兄昨聞有賦消
息愁憒無賴既冀又然又已成書聊以付信耳尋得李
罷勸封禪草信自有才頗多煩長耳令送間人又有張
公所作已令寫别送臨紙罔罔不知復所言謹啓
近得洛消息滕永適去二十日書彦先訪為驃騎司馬又
云似未成已訪難解耳敬屬司馬參軍此間復失之恨

不得與周旋戴允治見訪大司馬謹啓

雲再拜君苗文天才中亦少爾然自復能作文雲惟見其登臺賦及詩頌作愁霖賦極佳頗倣雲雲所如多恐故當在二人後然未究見其文見兄文輒云欲燒筆硯以爲此故不喜出之曹志苗之婦公其婦及兒皆能作文須借其釋詢二十七卷當欲百餘紙寫之不知兄盡有不李氏云雪與列韻曹便復不用人亦復云曹不可用者音自難得正謹啓

近日復案行曹公器物取其剔齒纖一箇今送以見兄
于道有古方泉其銘如此不審兄頗曾見此書種稷不
近因魯引以問祕中書謹啓
雲再拜令送君苗登臺賦為佳手筆云復更定復勝此
不知能愈之不其人推能兄文不可言作文百餘卷不
肯出之視仲宣賦集初述征登樓前耶甚佳其餘平平
不得言情處此賢文正自欲不茂不審兄呼爾不真元亦
云兄文當作宣輩宣得此巍巍耳愁霖喜霽殊自委頓

恐此都自易勝謹啓

雲再拜誨頌兄意乃以為佳甚以自慰今易上韻不知差前不不佳者願兄小為損益今定下云靈旆電揮因兄見許意遂不恪不知可作蔡氏祖德頌比不景猷有蔡氏文四十餘卷小者六七紙大者數十紙文章亦足為多然其可貴者故復是常所文耳雲頃不佳思慮胸腹如鼓夜不便眠了不可又以有意兄不佳文章已足垂不朽不足又多謹啓

雲再拜嵇紹周弼並處事不值免詔甚切甚念之悚思
胡光禄亡宿士可痛含卯還云陷中書散騎並缺是其
才不知何以乃古之謹啓
雲再拜頃哀思更力成箴暮賦適且畢猶未大定自呼
前後所未有是雲文之絕無又憶兄常云文後成者恒
謂之隹貞小爾恐數自後轉不如今且欲寄之既未大
定又恐此信至兄已發當因著洛謹啓
雲再拜兄前表甚有深情遠旨可耽味高文也兄文雖

復自相為作多少然無不為高體中不快不足復以自

勞役耳前集兄文為二十卷適訖一十當黄之書不工

紙又惡恨不精謹啓

陸士龍集卷八

欽定四庫全書

陸士龍集卷九

晉 陸雲 撰

啓

國起西園第表啓（宜遵節儉制）

郎中令臣雲言伏見西園大營第室雖未審節度豐儉之制然用功甚嚴竊懼事不得濟愚臣管見輒敢瞽言

臣竊見世祖武皇帝臨朝淵默訓世以儉即位二十有六

載宮室臺榭無所新崇屢發明詔厚戒豐奢國家纂承務在遵奉而世俗陵遲家競盈溢漸漬波蕩遂已成風雖嚴詔屢宣而侈俗滋廣每觀詔書衆庶嘆息清河王昔起墓宅未及極偉時手詔追述先帝節儉之教懇切之旨刑于四海清河王毀壞城宅以奉詔命海内聽望咸用憮然臣慮以先帝遺教日以陵替聖上憂勤猶未之振令與國家崇大化追闡前蹤者實在陛下先敦素樸而後可以訓正四方示民知禁竊謂第室之設可使

儉而不陋凡在崇麗一宜節之以制然後上猷帝心下允民望且自闢制國之用事從節省而方于此時大造第宅又非聖意從簡之旨臣以凡才殿下不以其駑闇特蒙拔擢將以臣能有狂夫之言可以裨補聖德臣自奉職已来亦思竭忠効節以報所受之施是以不慮犯逆敢陳所懷如愚臣言有可采乞垂三省

令吾以頑弱過蒙殊寵夙夜祗懼忝思先恩承風誡以自錯厲得爾委曲省以憮然意既在儉約又欲奉遵法憲豈

忘於心國自宜有宅城内求不可得官徒右軍来蹀躞此屋恐或不可久得側近宫掖故于國作宅不作觀望使如凡家法足止而已耳平量畫圖當往相示動静以聞

臣雲言閤一日敢獻瞽言以干聞聽乃荷天恩未加咎責猥發明令臣伏誦聖旨奉用歎息臣聞有國者不患宫室之不崇患在令名之不立是以賢人之在富貴莫不畀身節欲損已杷情用能保其國家令聞百世歷觀古今以約失之者實寡以奢失之者蓋衆

非天下之至德孰能居豐行儉在富能貧清儉節素自
殿下家道此所以懷集四方而使兆民服者也世祖武
皇帝富有四海貴為天子居無離宫之館身御家人之
服先帝豈欲以此道止於治身而已哉固將必欲遺訓
百世貽燕子孫此固殿下所宜祗奉也昔淮南太妃當
安厝臣兄比下璽機時為郎中令從行太妃令追稱先
帝養生送終事從節儉今宜奉用遺制不事豐厚令肴
懇切言歸于約清河昔起墓宅發手詔又還毀朝野之

論於今未已竊以西園第宅用功方嚴雖知聖德節儉有素猶復思闕愚言以補方來亦臣纔綣微忠昊天罔極之誠也至被明令聖德炳然嘉承至道奉以稱慶不勝下情謹疏以聞

西園第既成表啓諫起觀不可

郎中令臣雲言臣前啓西園第宅宜遵先帝節儉之制不宜使至豐麗被命優隆言歸謙素臣奉以欣憙而聞屋宇之制既自崇峻竊聞當復起觀六間既非前今之

旨且臣亦竊用不安臣聞詩云昊天有成命二后受之成王不敢康今四祖創基既垂成命哲王繼體世祖恭儉殿下承之固宜奉不寧而自昔造第過度民歎其勞庠士譏其過尤謗言未弭而又加以崇侈此誠不可不惜先帝背世曾未十年而儉德之亡國爲其首此又所以慷慨酸心而不敢不盡狂夫之諫者也按晉魏以來諸侯奢靡第室滋廣未有如國今日之甚者也古人之戒猶云無爲福始况今猶崇豐侈作爲禍先此又臣所

以寤寐憂歎忘寢與食者也殿下誕應運期首建大國
固將憲章令典貽範萬世始基之制不可不慎令設為
豐奢以示將來子孫象之又何以能國且先帝勤家如
彼其素殿下承之若此其泰進傷奉國之典退虧隆家
之業用之當身損盛德之譽垂之後嗣非興邦之制一
舉而失四得此古人之所以長太息者也且第宅之過
朝野所譏而監司結舌莫敢明言者實以殿下國之昵
親朝所欽重故隱司過之鋒結執憲之繩耳後世直臣

必將信威明法考制度禮愚以此觀有必毀之理苟此物不可終然誠不如不為使其無毀也今空設過制之物而終為直士之資臣又未見其可也唯殿下思愚臣之言時命有司必省此舉舉手懼遝伏用流汗

令中間表作舍先畫圖呈啓聞數有五木林榑無他鏤飾示無乃越法奢靡古今無匹也間外啓作小樓北望河東公主園宅自不為觀故便聽之耳今行者歎息致朝野之譏耶省奏具意勑毀之

王即位未見賓客羣臣又未講啓宜饗宴通客及引師友文學觀書問道

郎中令臣雲言聞古之君子既盛德在身又外求諸物是以廣納俊士博觀載籍朝夕師傅夙夜勤禮賓友嘉客講義於前往古來今日聞于耳故知積德廣而流芳罔極伏惟殿下天資聰叡應期挺秀聖敬敷聞輝光日新即位已來仍遭不造大禮雖闋哀故滋有賓客無接覿之宴師友闕講誦之禮愚臣所以寤寐永歎而私懷

慷慨者也愚以宜發通客之令使朝士有接見之緣又可時與師友之學披觀文籍坐而論道非學無以聞義非士無以行禮禮義既舉羣望允塞此臣下所以拭目思德音之發者也臣區區所懷敢以聞

今多喪故乃初未與羣官會同比當請師友文學內外官屬也

臣雲言臣前啓可與師友文學觀書論道今又天時清適正是講誦之日臣聞崇山之高不厭其峻滄海之量無

限於廣是以周公一日萬事猶復旁觀百篇孔子假期玩年至於韋編三絶由是言之雖聖之宏亦不能不求之於學也伏惟殿下明德光邵天資秀朗方當光演文武允迪皇猷如復垂精古今之與仰覽千載之籍則神道叡知無物不照且師友文學朝選於衆以德來敎雖豐禄崇禮已隆其人而先王之道未簡聖聽在位累載官廢其職每聽其言亦懷慊慨臣以可於良日就講經學先闡大道永播芳風愚臣區區敢獻瞽言

令多病疾難以辯公事爲自力風疾連動故未能用小
差當如所陳乞每識忠至之誠輒以存心
輿駕比出啓宜當入朝
郎中令臣雲言殿下自郎第日來既仍多哀故聖體亦
恒不安和自不朝見二宫已經年載前既比造趙軹近
又自表出城至五日問訊輒以疾聞臣切所未安愚以
此五日輿駕宜入朝臣聞事君之道苟在盡規知無不
爲是以愚臣敢獻瞽言

令多不快不數朝覲幸恩詔見恕耳五日當入朝也

言事者啓使部曲將司馬給事覆校諸官財用出

入啟宜信君子而遠小人

郎中令臣雲言伏見令書以部曲將李咸馮南司馬吳

定給事徐泰等覆校諸官市買錢帛簿卒日決咸南等

治書以下無所復司而察錢帛重寶奸吏多情出入之

用誠宜使虛實當法以防檢巧偽然臣愚以聖德隆興

光有四大國選衆官材庶上肄業臣以虛薄忝竊朝右

雖質弱任重無益補察至於奉己思勤昊天罔極中尉該大農誕皆清德淑慎恪居官次至衆官悉州閭一介疏闊之咎雖可日聞至於處義用情庶無大戾今咸南軍旅小人定泰士卒厠賤非有清慎素著忠公定稱今猥使此等任以覆校大臣所關猶謂未詳咸等督察然後得信既非開國勿用之義又傷殿下推誠納下曠蕩之量雖使咸能盡節益國使功利百倍至於光輔國美猶未若開懷信士之無失況咸等所益不過姑息之利

而名使小人用事大道凌替此臣所以慷慨也亂之所興在於小人得親治之所廢在於君子自替廢興治亂由此而已臣備位大臣職在獻可苟有管見敢不盡規以愚宜發明令必罷此等覆察衆士一付治書則無外之度照光遠大信臨下人思盡節矣謹隨啓以聞

國人兵多不法啓宜峻其防以整之

郎中令臣雲言國人兵於横多行非法至使暴及市道聲聞京邑親信兵乃罵詈洛陽市丞遠近囂然聲論曰

廣而主者前復所報每蒙寬宥故羣小敢肆其暴虐前
輿駕當東時臣具以奏聞上立節度亦備嚴上下司察
念在奉宣而親信卒泰矯稱突關强市民物至使行道
哀窮路人歎惋臣下祇命幸使罪人時獲僉以泰宜加
重戮以戒肅方來軍都督李嬰行實奸穢然身備王人
雖不致法猶加捶楚主者奏泰依嬰決罰事寢不出而
特令原泰泰之凶狡罰至大辟至於今日不蒙薄罰臣
切以自令羣醜虎視競為暴虐矣小人得志則下凌上

替前御顯言事大農文者倨傲反成却安功名之士議在不辱而顯等恃恩敢行侮慢臣時列啓并呈顯言事事寖不省是以自來拱默未敢多言而切見國法日侈而恩宥無已誠懼威禁遂頹醜聲滋聞愚謂自今宜齊之以法使下知禁有司所執猶宜時聽不然以往則監司之吏鋒鉅靡加而準繩替矣臣忝切非據與聞國政服事以來荏苒三年朝憲多違威御無列好問不登而流聲播越皆由執政之臣官非其人常思收迹自替以

避賢路退惟受遇微報未効是以忍垢素餐敢用文諫唯殿下哀明愚臣繾綣愚臣不以前後干迕多見罪責臨紙慷慨言不自盡

陸士龍集卷九

欽定四庫全書

陸士龍集卷十

晉 陸雲 撰

書集

與朱光禄書

少長之禮敎化所崇中葉陵遅舊章廢替追惟前訓思遵在昔敢慕高義謹奏下敬

與張光禄書 三首

長幼之序人倫大司李世多難失敬在昔敢希令典求

思自邁謹奏下敬以藉虔款

顧令文彦先每宣隆眷彌泰之惠懷德惟慚守以反側

既睎仁風委心自昵加與沛君分同骨肉憑賴之懷疑

心如結

加蒙顧遇重以傾倒唯亮歸誠石行文敦素篤邃道實

茂淑器敏既美思學又快南州良德令者東行望風自

託其意繾綣願厚結副其乃心

與嚴兗陵書

少長之序禮之大司晩節陵替舊章殘棄瞻言令典既慕欽承仰憑高風實副邦民謹奏下敬以藉虔款思復未遠庶免悔吝

嚴兗陵答

奉詠美旨流風綽遠復禮興仁命世之作獲尚齒之況無尊賢之報抱此永懷愧歎何有君子宏道厚文無施是用釋筆歸於神要

與戴季甫書 七首

雲頓首頓首惟夏始暑願府館萬福疾病處遠人信希少情問闕替中間曠年瞻慕敬想與言反側隆敦比辱慰誨銜抱豐眷以增愚迹不勝勤企謹及君之書不以備

陸雲頓首頓首曠遠以來忽踰年載宗想輝蔭引領惟慕東歸之後疾患增瘵且道路悠遠不值信便久念自修而經年不果惟在伏枕至於結心注望實係光塵累蒙

誨命舊春惟新執對之日如或面展長塗自替聽誨未由瞻企勤戀

守以委重表不且令更繼情季鸞公世相係徂落俊德茂業邦家之彥一朝並逝永爾淪沒哀痛切裂不能自勝奈何奈何江南初平人物失叙當賴俊彥彌縫其闕如在二賢楚國之良沉寶積實未童大朝重惟痛恨言增哀咽誠念仁風篤烈如在疇昔意愛所隆嗟悼之心誠不可言備蒙其分情無切傷如承仁誨益以惻愴

武陵於荆州云多人士聞周孟子伍令明潘世長諸人並為美德心常依依令日遭遇良驥展士之秋也不審達者凡有幾人無因聽承誨語咨稟未聞每懷勤企表不盡言

長滸前下停此十餘日想德欣喜無以為喻分别悵悵于令戀之當暑遠涉益追心懸清粹沈茂思敏通微居德履道秉心真實貴一時良彥君之别久見之懽察風姿美令心神烈暢已成美器欽愛之情款然至實近聞若

思未有通塗每用於邑

周安東昔奄薨徂追慕切剥不能自勝勳業有究早爾背世遺惠鄙州民物同哀備記名義情兼切裂在此會同每言高重武陵至心款列誠念篤終必垂悽愴王季楊孝友行素既簡清塵在此接近備其所顧居心秉尚用志不苟公私操實足為美器令為土斷品還此郡前羣小虛妄遂下其編牒為之憤歎人物遠主彛倫多失顧垂末光益有以潤區區至心謹復言意戴彥遠永昌

猶為遠小想其必有惠政耳

郭敬言潁陽良才遠負為之邑歟以其姿望足以致高想不久爾耳石行文在無錫大有清積一州之高功長吏此家行素道遺實州閭所稱疇昔接事既盡其才願重榮益以成其實凡在羽埃思附鳳翼異風塵所集無不拭目

與楊彦明書七首

雲白欽明去書不悉彦先來得書以為慰時去荏苒歲

行復半悲此推移終然何及漸已欲熱想自如常悠悠守限良談未日眇然東望思以叙至及反憒罔不多行矣愛德往來相聞

陸雲白省示累紙重存往會益以增歎年時可喜何速之甚昔年少時見五十公去此甚遠今日冉冉已近之已耳順之年行復為憂歎也柯生而多悅樂春未厭秋風行戒已悲落葉矣人道多故懽樂恒乏傲遊此世當復幾時各爾永隔良會每闚懷想親愛寤寐無忘書無

所悉
彦先來相欣喜便復分别悵悵不可言階塗尚否通路
令塞令人罔然名論允進遠而有光者度此顯期不淹
民望耳塵堂之士比迹山藪栖者悲豈惟一人少明湘
公亦不成還名公之舉且可以為資然令悵悵當行行
復有宜耳
彦先相疾疾患衛欲增癈深為恒然行向襄篤疾來應
百年之望雖未必此為疑然親親所以相䘏之一慼耳

想懃服藥行復向佳耳吾既常羸間來體中亦恒少賴曰爾匆匆則堪自力未速待罪會期難尅情之戀想何勞之多好自愛屢相聞

行言竟行令人悵之已當至未耶能少留不世明篤行至性如前後所論語其偶爾旋已能悟耳而聞其遂於愬其使愕然寧以所不可虧一國之清格乎輒便絕意彥先所一二

載會稽如是便發分別悵然一得名士惟當有此君爾

失分重勞令人歎息善得日夕真家人若思望之清才後類一時之彦善並得接九月中可得達東禮衡陽長沙甚快東人近來復有見敘者公進屈久恒為邑閈黨方有清塗薄國讓在内中大有好稱此家一時美德也在事又佳甚快甚快

永耀已葬宜宜遠矣存想其人痛切肝懷奈何奈何聞伯華善佳深慰存亡人生有終誰能免此且使繼嗣克勝堂構有紹亦存亡至願也明類喪索同好日盡如此

生輩那可復多耶臨書酸心

與陸典書書七首

雲再拜自曠但爾已復經時限制長路惟親未期喻近晨風傾筐結言來誨綢繆篤眷彌隆誦玩千周以當侍會靜言莫瞻翹翹仰慕大人汜愛在我尤宏每銜思戀何時去心限此省省顧言用替遥瞻靈丘感時情傷往來信理自更繼情如有信唯不玉音

雲再拜侍郎比侍數會同邪常憶戀此君不斷有須此

君公私並愴年長而志新齒邁而曾勤家宗美者也常
感其篤分封之始年相見重達其至心
雲再拜日月運邁何一流速銜哀經變思愈深亡靈處
彼黄塘幽曠在遠之億心常愴裂含痛靡及悠悠奈何
想時時復一省視思至心破無所厲情叔父一兄故尚
未達想不久至耳深憂從際公私哀罔曠離山墓永適
異國四時靈寂桑梓靡循且念親各爾分析情感復結
悲歎而已知大人每垂𨚕逮也臨表悲悲猥絶筆餘哀不

知所次雲再拜

每念彥先情無刹裂年盛志美令姿可借舉言及不知心傷也

雲再拜國士之邦實鍾俊哲太伯清風邈世立德龍碗東嶽三讓天下垂化邁迹百代所晞高蹤越於先民盛德稱乎在昔績及延陵繼嚮馳聲沉淪漂流優遊上國聽音察微智越衆俊通幽暢遐明同聖門言偃昭烈於孔堂貞武邁功於諸侯自秀偉相承明德繼踵亦為不

少昊國初祚雄俊尤盛今日雖衰未皆下華夏也來誨所及遐邇同懷重及二聖下逮衆子或生羌狄或在邊域勲𤍠美之隆實如嘉誨愚以東國之士進無所立退無所守明裂皆苦皆未如意雲之鄙姿志歸邱壟草門闔脊之人日晞天望之冀至於詣季禮之遐蹤結高肝於中夏光東州之幽味流榮勲於朝野所謂闚管以瞻天緣木而求魚也重申不烈雲再拜

雲再拜每惟大人挺自然之妙質禀淵姿之弘毅克壯

其烈兼詠之道希文尚武潛居以娛其志靜處以肓其神遊步八素之林逍遥德化之囿豈如未者牽曳爍爍世道通明俊乂在官馬使晞世之寶久隱岑崟之山逸景之迹永縶幽冥之坂方將軍乘回輪束帛戔戔排金風於太微蹻天路以妙觀恢皇綱之大烈垂榮祚乎祖宗此乃大人之所宜循非凡夫之可企望也無因親展書以言心心之所積萬不敘一雲再拜雲再拜臣鄉前行陵有小事惟以其閒事已大了猶以為願行欲取歸

念别方至豫以慇然每相見未嘗不以大人爲言想令仁士光令遠公然兄弟屢數常存思想令遠分好已爲綢固彦恩復蒙誘掖耳無因覿對言不盡心屢垂誨以慰遠思雲再拜

雲再拜臣御在臺高譽洋溢洛邑之内無不欽敬東南之貴寶真不如會稽之篠蕩也每會常共歌詠信無一面不歎吟也想方周旋攜手散令日之恩耳雲再拜攜

雲再拜輒宣來意仲應此家大自欽重大人黨已見其

意耳

雲再拜不知從事令在州得假歸耳想令來得行有緣侍面耳每得令遠書感賴豐化言歸於款來誨恤及亦為無已情深欣如云在身年歲及人名聞難集非賴師友何以自濟願敦惠助為之光輔臣仁在此華亭之望以大人為宗主宜令小大得分亦崇洪業也雲再拜

附車茂安書

永白間因王弘季有書怪足下無答外甥石季甫忽見

使為鄮令除書近下因令便道之職得此罔然老人及姊自聞此問三四日中了不能復食姊晝夜號泣不可忍視外甥之中老人真自受恤季甫恒在目下卒有此役舉家慘慼不可深言昨全伯始有一將來是句章人具說此縣既有短狐之疾又有沙蝨害人聞此消息倍益憂慮如其不可行恐有節目良為愁憤足下可具示土地之宜企望來報車永白

答車茂安書

雲白前書未報重得來況知賢甥石季甫當屈鄮令尊堂憂灼賢姊涕泣上下愁勞舉家慘慼何可爾耶輒馬足下具説鄮縣土地之快非徒浮言華艶而已皆有實徵也縣去郡治不出三日直東而出水陸並通西有大湖廣縱千頃北有名山南有林澤東臨巨海往往無涯汜船長驅一舉千里北接青徐東洞交廣海物惟錯不可稱名遏長川以為陂燔茂草以為田火耕水種不煩人力決泄任意高下在心舉鍤成雲下鍤成雨既浸既

潤隨時代序也官無逋滯之穀民無饑乏之慮衣食常
充倉庫恒實榮辱既明禮節甚備為君甚簡為民亦易
季冬之月牧既畢嚴霜隕而蒹葭萎林鳥祭而罻羅設
因民所欲順時遊獵結罝繞堽密罔彌山放鷹走犬弓
弩亂發鳥不得飛狩不得逸真光赫之觀盤戲之至樂
也若乃斷遏海浦隔截曲隈隨湖進退采蜯捕魚鱣鮪
赤尾鯌齒比目不可紀名鱠鰡鰒炙鯯鯸鮧石首臛鯊
鯗真東海之俊味肴膳之至妙也及其蜯蛤之屬目所

希見耳所不聞品類數百難可盡言也昔秦始皇至尊至貴前臨終南退燕阿房離宮別館隨意所居沉淪淫湎飲馬昆明四方奇麗天下珍玩無所不有猶以不如吳會也鄉東觀滄海遂御六軍南巡狩登稽嶽刻文石身在鄮縣三十餘日夫以帝王之尊不憚爾行季甫年少受命牧民武城之歌足以興化桑弧蓬矢丈夫之志經營四方古人所歎何足憂乎且彼吏民恭謹篤慎敬愛官長鞭扑不施聲教風靡漢吳以來臨此縣者無不

遷鑾尊大夫賢姊上下當為喜慶歌舞相送勿為慮也

足下急啓喻寬慰真說此意吾不虛言也停及不一一

陸雲白

車茂安又答書

永白即日得報披省未竟懽意踊躍輒於母前伏讀三

周舉家大小豁然忘愁也足下此書足為典誥雖山海經

異物志二京南都殆不復過也恐有其言能無其事耳

雖爾猶足息號泣懽忭笑也府君入後月當西出足

下可豫至界上吾欲先一日與卿相見也答不復多車

永白

弔陳永長書 五首

雲頓首頓首哀懷切恒賢弟永曜早喪俊德酷痛甚痛

奈何陸士龍頓首頓首

雲頓首頓首天災橫流禍害無常何圖永曜奄忽遇此

凶問卒至痛心摧剝奈何奈何想念篤性哀悼切裂當

可堪言無因展告望企鯁咽財遣表啥悲猥不次雲頓

首
永曜茂德遠量一時秀生奇蹤瑋寶灼爾凌羣光國隆
家人士之望冀其永年遂播盛業攜手遐遊假樂此世
奈何一朝獨先彫落奄聞凶諱禍出不意㤠心痛楚肝
懷如割奈何奈何奈何豈況至性何可為心臨書鯁塞投筆
傷情
與永曜相得便結願好契闊分愛恩同至親憑烈三益
終始所願中間離別但恨累年結想之懷夢寐俩佛何

圖忽爾便成永隔哀心慟楚不能自勝痛當奈何奈何

義在奔馳牽役萬里至心不敘東望貴舍雨淚沾襟令

遣吏并進薄祭不得臨哀追贈切裂衰幸損至念書重

不知所言永曜素自强健了不知有此患險戲之災遂

不可救豈惟貴門獨喪重寶此賢之殞邦家以弊情分

異地痛心殊深已矣遠矣可復奈何追想遺規不去心

目悠悠無期哀至裴裂不知何言可以言知酷楚而已

弔陳伯華書 二首

大君遠資高數世之瑰瑋當光裕大業茂垂勲名奈何
日朝早爾喪墜自聞凶諱痛心割裂追惟哀摧肝心破
剥痛當奈何奈何相念夙年奄嬰哀艱扳慕不及當可
為心牽役遠路無因奔馳東望靈宇五情哽咽割切哀
慕書重感猥不次
昔與大君分義款篤彌隆之愛恩加兄弟憑此烈好要
以始卒何圖大君獨先早世遠聞訃問若喪四體摧心
慟楚肝心如割奈何奈何奈何豈況至性當何可言今遺吏

恭集薄祭不得臨喪以叙悲苦計往人到貴舍之日揮涕而已投筆歔欷

移書太常府薦張瞻

蓋聞在昔聖王承天御世殷薦明德恩和人神莫不崇典謨以敎思興禮學以陶遠是以帝堯昭煥而道協人天西伯質文而周隆二代大晉建皇崇配天地區夏旣混禮樂將庸君俟應歷運之會贊天人之期博延俊茂熙隆載典伏見衛將軍舍人同郡張瞻茂德清粹器思

深通初慕聖門棲心重仞啓塗及階遂升樞奥抽靈匱
於秘宮披金縢於玄夏思樂百氏博採其珍辭邁翰林
言敷其藻探微集逸思心洞神論道屬書篇章光覿含
奇宰府婆娑公門棲静隱寶淪虚藏器褧裳襲錦褐衣
被玉曾泉改路懸車將邁考槃下位歲聿屢遷搢紳之
士具懷愾悵方今太清闢宇四門啓籥元綱括地天網
廣羅慶雲興以招龍和風起而儀鳳誠巖穴耀穎之秋
河津托乘之日也而瞻沉淪下位羣望悼心若得端委

太學錯綜先典垂纓玉階論道紫宮誠帝室之瑰寶清
朝之偉器廣樂九奏必登昊天之庭韶夏六變必饗上
帝之祀矣

陸士龍集卷十

總校官進士臣程嘉謨
校對官編修臣曹錫齡
謄錄監生臣吳濬

圖書在版編目（CIP）數據

陸士龍集 / (晉) 陸雲撰. — 北京 : 中國書店,
2018.8
ISBN 978-7-5149-2092-5

Ⅰ. ①陸… Ⅱ. ①陸… Ⅲ. ①中國文學 – 古典文學 –
作品綜合集 – 西晉 Ⅳ. ①I213.712

中國版本圖書館CIP數據核字(2018)第084990號

四庫全書·別集類

陸士龍集

作　　者　晉·陸雲撰
出版發行　中國書店
地　　址　北京市西城區琉璃廠東街一一五號
郵　　編　一〇〇〇五〇
印　　刷　山東潤聲印務有限公司
開　　本　730毫米×1130毫米　1/16
印　　張　18.75
版　　次　二〇一八年八月第一版第一次印刷
書　　號　ISBN 978-7-5149-2092-5
定　　價　六八元